MW01608416

Il était une ville

Du même auteur

La Montée des eaux, Seuil, 2003.
Le Ciel pour mémoire, Seuil, 2005.
Les Derniers Feux, Seuil, 2008.
Le Lycée de nos rêves (avec Cyril Delhay), Hachette Littératures, 2008.
L'Envers du monde, Seuil, 2008.
Collection irraisonnée de préfaces à des livres fétiches (collectif, direction avec Martin Page), Intervalles, 2009.
Les Évaporés, Flammarion, 2013 ; J'ai Lu, 2015.

Thomas B. REVERDY

Il était une ville

ROMAN

« *Certes, ce Taylor était le plus génial des anciens. Il est vrai, malgré tout, qu'il n'a pas su penser son idée jusqu'au bout et étendre son système à toute la vie.* »

Eugène Zamiatine, *Nous autres*

Vivre

Ça l'avait traversé comme une illumination, dès ses premiers jours à Detroit. On était en septembre 2008, à la veille de la crise. On l'avait largué là-bas avec une voiture de fonction toute ronde au moteur hybride japonais et les clés d'un petit pavillon de banlieue, à peine plus grand et mieux meublé que ceux qu'on réservait aux célibataires dans les unités de vie de l'Entreprise, au bord d'une ville sur le point de s'effondrer, un des endroits statistiquement les plus dangereux de la planète, comme s'il était une sorte de casque bleu à des milliers de kilomètres de chez lui, et il n'y avait même pas un sachet de thé dans les placards de la cuisine, même pas un foutu paquet de nouilles. La ligne ADSL n'était pas encore en service et les puces américaines ne rentraient pas dans son portable. Il faudrait en acheter un, pour cela prendre un abonnement, et pour cela ouvrir un compte en banque. Lundi.

Il repensa au sourire de Patrick, le factotum américain. Bien sûr que c'était un piège. Comme la Chine il y a un an, et l'autre interprète du Parti.

Il comprit qu'il était seul. Que l'Entreprise l'avait déjà lâché depuis le début, depuis toujours. La crise des *subprimes* et l'effondrement des banques, la chute qui s'en était suivie de l'industrie financée par le crédit n'avait fait que précipiter les choses, c'est toujours ce que font les crises.

Eugène crut d'abord que c'était de la colère.

Il ressortit de chez lui en trombe et, au lieu de chercher le centre commercial multiservices le plus proche, il se rendit tout droit en ville. Par réflexe, par curiosité, parce que c'était déconseillé en sept langues sur les brochures de l'Entreprise qu'il n'avait eues en main qu'une fois coincé dans son bungalow vide. Il descendit Woodward et la remonta, emprunta Eight Miles, revint vers le centre par Gratiot, et reprit encore Woodward à la recherche d'un bar.

Le soir tombait pour la première fois sur la ville.

Il y avait partout un parfum d'ailleurs.

Des immeubles vides sans lumières, sans fenêtres – murées à la brique ou à la planche de bois –, découpaient dans le crépuscule indigo une masse inquiétante de géants endormis de pierre et d'ombre. Parfois, leurs cloisons ayant été abattues pour alléger la structure, éviter qu'elle ne s'effondre, ils avaient au contraire l'allure ciselée de cathédrales, on y voyait le ciel passer à travers comme dans un vitrail.

Les enseignes des restaurants, des stations-service et des rares delis restés ouverts semblaient ne pas avoir été remplacées depuis trente ans au moins. Elles clignotaient en rouge et bleu, vert et jaune, orange et bleu, rouge et jaune, avec des lettrages en gothique ou en cursive comme l'équipe des Tigers ou Coca-Cola. Des fast-foods et des *diners* éclairés, illuminés a giorno, trouaient les rues sombres sans éclairage. Ils mettaient leurs clients en vitrine, des types colossaux mordant à pleines dents des sandwiches mous, penchés au bord de plateaux en plastique.

Eight Miles, un boulevard de boîtes de strip dont les enseignes au néon souvent rose ou rouge représentaient de profil des corps de danseuses déclinant dans la nuit les poses d'un Kâmasûtra solitaire.

Il y avait des traînards bien sûr et une fois il lui arriva d'accélérer, parce que la rue dans laquelle il s'était engagé était plus étroite et plus peuplée qu'il ne se l'était imaginée. Il vit tous leurs visages se retourner au passage de ses phares – à bien y réfléchir ce n'étaient peut-être que des gamins qui profitaient des dernières douceurs de l'été.

Les petites maisons dont le porche s'éclairait, laissant voir un banc ou un canapé défoncé, lui apparurent, dans leur aspect incongru de campagne à la ville, ponctuant les rues bordées de terrains vagues, moins sinistres que lorsqu'il les avait vues alignées, de loin, depuis l'autoroute en plein jour. Surtout elles l'étaient moins que celles, toutes identiques, de la banlieue plus chic où on l'avait logé. Un instant il songea que, si le numéro de rue n'était pas peint sur sa boîte aux lettres – chose qu'il n'avait pas pensé à vérifier en partant –, il serait bien fichu de ne pas retrouver sa maison en rentrant.

Il repensa à ses placards vides, à sa ligne de téléphone coupée jusqu'à lundi, à sa mère en train de laisser des messages sur son portable. Il avait soif, il chercha un bar.

Lorsqu'il ouvrit la porte du Dive In, au bas d'une volée de marches à peine éclairée, un flot assourdissant de conversations et de musique se déversa dans la rue, saturant soudain le silence de la nuit. Une foule de gens se pressait là en bras de chemise, le long du bar et dans la salle, la plupart debout, pressés les uns contre les autres par petits groupes, riant et parlant fort, entrechoquant à leur propre santé des chopes de bière moussue prêtes à déborder.

C'était comme de pénétrer dans un autre monde, un été sans fin que baignaient la chaleur des corps et la lumière du bois jaune qui recouvrait les murs, un autre monde où les sensations engourdies de la ville dépeuplée par la crise reprenaient soudain le dessus, dans la fumée de cigarette qui s'accumulait au plafond sous les extracteurs impuissants, dans l'odeur indéfinissable où se mélangeaient le tabac, la sueur, la cuisine et les parfums bon marché, dans la musique de jazz remixé, distordu, languissantes vagues de cuivres s'échouant sur des plages électroniques. C'était l'été. Derrière la douzaine de percolateurs du bar cuivré, tout du long, des rayonnages de bourbons, de whiskies, de vodkas et de rhums formaient une véritable bibliothèque sur l'histoire du genre humain, lorsqu'il choisit de vivre et se lâche un peu la bride. Des pochettes d'albums découpées, des photos, des articles de presse, des flyers annonçant des concerts et des affiches de music-hall étaient collés un peu partout, tapissant des pans de murs entiers, se recouvrant par endroits, retraçant par strates des époques, une épaisseur boursouflée de temps.

C'était l'été, inattendu dans ce début d'automne pluvieux et froid, comme tout ce qui surgit quand on est en voyage et qu'on se force à être attentif aux choses, parce qu'on manque de repères.

Au Dive In, il suffisait de plonger dans la foule. Eugène se fraya un chemin vers le bar, et personne ne sembla surpris de sa présence.

La première gorgée de whisky lui brûla la gorge et l'œsophage en descendant lentement derrière ses côtes, passa tout près du cœur. La serveuse – il ne savait pas encore qu'elle s'appelait Candice – avait un rire étrange, brillant et rouge. Dans la musique, à présent, des crêtes de cymbales se fracassaient sur un mur de contrebasse comme sur une falaise creuse.

Et ce sera un soir comme celui-là, quelques jours après son arrivée, qu'Eugène prendra sa décision. Bazarder la baraque et la voiture fournies par l'Entreprise, se louer un logement en ville et, puisqu'on l'avait envoyé vivre là pour un temps, au moins y vivre vraiment. Il se jura qu'il y parviendrait mais pour lui seul, parce qu'il était temps, c'est ce qu'il écrirait dans les premières lignes de son rapport en se souvenant de cette nuit-là.

Devenir dans ce paysage inconnu un visage familier.

Vivre. Pour la première fois à Detroit.

Dans le fond, Eugène était un optimiste.

La nuit du Diable

Avec les premières pluies de ce début d'automne, la crise est devenue irrémédiable. Eugène s'installa en ville, d'abord à l'hôtel, Downtown, puis un peu plus haut dans un deux-pièces meublé sans charme mais propre, qu'il aménagea du mieux qu'il put. L'appartement était suffisamment proche du Dive In pour qu'il puisse s'y rendre à pied le soir. C'est en traversant leur quartier en voiture pour se rendre au bureau qu'il remarqua les gamins. Il n'y prêtait pas attention au début. Des gamins, il y en avait pas mal dans les rues ici, ils attendaient le bus le matin et jouaient au basket le soir, si bien qu'Eugène les croisait tous les jours. Ils faisaient partie du paysage, comme les maisons aux fenêtres barricadées et les chiens errants qu'on rencontrait depuis quelque temps aux abords de la Zone où il travaillait – une large friche industrielle qui n'avait finalement jamais été exploitée. En remontant un peu vers le nord de la Zone, on finissait par retrouver un coin plus habité, avec une épicerie et des *diners* servant des œufs à toute heure, à cheval sur des frites ou des paires de saucisses, surnageant dans une flaque de ketchup, le cœur d'une ville encore debout en somme.

Lorsque les fast-foods fermèrent à l'étage de la restauration dans la tour, il se mit à traverser le quartier des gamins aussi dans la journée. Il passait là en voiture, dans la Mustang qu'il avait dégottée d'occasion, la radio et le chauffage à fond, branchées sur une station de musique soul et le climat de la Floride. Ils étaient encore là. Des gosses joyeux jouant en tee-shirt sur les terrains broussailleux en bordure de l'avenue, insouciants du froid qui commençait à descendre du nord, sous l'œil vigilant des logos des pancartes agrafées aux balcons des porches, « voisinage sous surveillance » – tu parles !

Il n'y prêtait pas plus d'attention qu'aux changements dans le décor de la ville. Il pensait « ils devraient se couvrir plus » ou « à cette heure ils devraient être à l'école ». Et puis Diana Ross et le chœur des Supremes l'entraînaient un peu plus loin, ailleurs, et le terrain de basket improvisé disparaissait dans son rétroviseur.

Les gamins non plus n'avaient sans doute pas remarqué cette voiture qui traversait leur rue plusieurs fois par jour. Un peu trop rutilante pour le quartier, sûr, ils la regardaient filer vers la prochaine avenue mais c'est tout, ils avaient d'autres choses en tête.

Restons un peu avec eux.

Celui qui vient de se détacher du groupe, tout efflanqué dans son tee-shirt trop large, c'est Charlie. C'est lui qui a écopé de la mission pour cette fois, parce que c'est le plus jeune et celui qui présente le mieux. Le plus gentil, une vraie tête d'ange. C'est lui qui va acheter l'essence. Ils se sont tous cotisés. Avec la crise, pour un peu moins de cinq dollars, on peut toucher deux gallons de gazoline. C'est moins cher qu'une place de cinéma, et il n'y a plus de cinéma en ville.

Aller à pied jusqu'à la station-service n'est pas vraiment une promenade de santé, il faut traverser des rues vides où les seules maisons habitées le sont par des squatteurs. Ordinairement, Charlie ne se déplace jamais seul – toujours sa bande de copains des rues, comme une grappe de gamins inséparables depuis qu'ils savent courir. Ce ne sont pas de mauvais garçons.

Lorsqu'il rentre dans le périmètre de la station, il voit bien que les deux types qui sont là, à remplir le réservoir de leur Ford, se raidissent un peu et contrôlent d'un coup d'œil qu'il est seul. Ils ne peuvent s'en empêcher même si on est en plein jour, qu'il n'a que douze ans et porte un tee-shirt sous lequel on aurait bien du mal à cacher une arme – Charlie est trop maigre, ses copains l'appellent Skinny Charlie. Ce n'est pas la faute de ces deux gars. Lui non plus, dans le fond, n'est pas rassuré, ça se voit à sa façon de traverser sans les regarder. Tout le monde se calme finalement quand il pousse la porte et pénètre dans la boutique. C'est comme ça, dans le quartier.

Il fait mine de se promener dans les rayons. Sent le regard du caissier le scruter, derrière sa cage, alors qu'il s'attarde un peu du côté des friandises. Les paquets de chewing-gums le tentent bien, les rouges à la cannelle, ce sont les plus forts, on dirait qu'ils ont mis du poivre dedans comme dans les anciens bonbons de farces et attrapes que Charlie n'a pas connus. Il n'aime que ceux-là, ça étonne sa grand-mère qui l'élève depuis qu'il est tout petit – elle dit toujours : « ce gamin n'aime que le feu ! » et c'est vrai. Il y a des paquets de chips à tous les parfums, beaucoup au poulet ou à la sauce BBQ, des donuts de toutes les couleurs enrobés d'une couche lisse de sucre de synthèse, ce pour-rait être des jouets en plastique pour le bain présentés dans des emballages transparents, il y a des boîtes de corned-beef et de jambon reconstitué, purée grasse compressée vague-ment gélatineuse, même la photo sur la boîte est à vomir, mais il faut croire qu'il y a des amateurs pour ça aussi, sûrement des types beaucoup plus gros que Skinny. Lui, ce sont les chewing-gums à la cannelle. Il fait semblant d'hésiter un peu.

Hésiter dans les magasins est une comédie rassurante. Si Gros Bill était là, sans doute il lui dirait de se dépêcher, il ne le dirait pas comme ça d'ailleurs, il lui crierait depuis l'autre côté de la rue qu'il a un putain de travail à faire et qu'il a intérêt à se magner le cul, mais Charlie aime bien flâner dans les magasins. Il se fiche du magasin, de toute façon dans son coin il n'y a plus que quelques épiceries et des stations-service, le dernier fleuriste a fermé quand il était petit. C'est un rêve de gosse : il se met à flâner, prend des produits – des trucs chers – et les repose, comme s'il avait les moyens de tout acheter. C'est exactement ce qu'il fait en ce moment en admirant un kit de compression qui promet le turbo à n'importe quel moteur atmosphérique. Le caissier ne le lâche pas des yeux.

Il sourit faiblement lorsque Charlie s'approche de lui avec les deux bidons rectangulaires qu'il était venu chercher. Il y a encore un an, il lui aurait sans doute demandé ce qu'il comptait en faire, pour la forme, pour tenir son rang d'adulte qui met en garde les gamins contre toutes les conneries à ne pas faire avec un jerricane d'essence.

Avant, on se comportait comme si tous les gamins du monde étaient un peu ceux de tout le monde. On pensait à ses propres enfants. On voulait leur éviter les ennuis. C'était avant la Catastrophe, ou peut-être qu'on en est arrivé là peu à peu.

Mais c'est fini.

Charlie glisse son billet de cinq sur le passe-monnaie du comptoir, sous la grille, et le caissier lui rend les pièces sans un mot, soulagé que le gosse n'ait pas tenté de sortir sans payer.

Il suffit à Charlie ensuite de rejoindre les autres et d'attendre le soir. Gros Bill est très excité, il danse d'un pied sur l'autre et il parle tout le temps. Ce soir-là, c'est la fête. La veille d'Halloween. Gros Bill est le plus âgé des gosses de la rue, il a toujours des idées pour ne pas s'ennuyer. Il apporte des choses, des cigarettes, un gant de base-ball, un bidon d'essence. Il est toujours hilare. C'est de loin le plus grand, ou peut-être ça fait cet effet-là à cause de son obésité. Gros Bill est telle-ment gros qu'on le trouve grand. C'est une sorte de figure inspirante, mais ce n'est pas le chef, il n'y a pas de chef dans leur petite bande parce que ce n'est pas un gang, juste un groupe de copains qui ont grandi dans la même rue et qui s'y retrouvent le soir ou quand ils ont décidé de ne pas aller à l'école, comme ce jour-là. Ils se lancent des balles de base-ball, ils parlent des filles du quartier. Mais il y a de plus en plus de place pour se lancer la balle sans risquer de l'envoyer sur la route, et de moins en moins de filles dans le quartier. Les familles partent. Les maisons restent vides. Les gosses n'y vont pas. Les cambrioleurs, les pilleurs de métaux, les récupérateurs, les têtes à crack et les squatteurs y vont, ils sont plus vieux et dangereux. Les gamins se tiennent à l'écart des ennuis.

Mais la veille d'Halloween, c'est la fête. La « nuit du Diable ».

Tous les ans, c'est la même chose. Ce sont les journaux qui ont commencé à l'appeler comme ça, mais ça a plu ici, à Detroit. Depuis les années 1970, après les grandes émeutes, on peut même dire que les voyous se donnent du mal pour que la nuit du Diable ressemble le plus possible à l'enfer.

DeLorean était un génie

Lorsqu'il débarqua de l'avion à Detroit, ce vendredi matin de septembre, au début de cette histoire, Eugène était bien décidé à prouver à l'Entreprise qu'il saurait se montrer digne de sa mission. Un bureau d'études, ça ne faisait pas énormément de personnes sous sa responsabilité, mais c'était l'occasion de reprendre pied dans le management, et puis ceux qui arriveraient lundi étaient tous ingénieurs comme lui, ils venaient de plusieurs pays d'Europe, c'était une sorte d'équipe d'élite qu'on lui demandait de superviser dans ce programme de coopération entre constructeurs. C'était une mission importante. On le lui avait répété plusieurs fois durant les entretiens de recrutement. Son supérieur, N+1, le lui avait bien dit, sur le ton de la menace à peine voilée, Je vous fais confiance Eugène. Même N+2, le « *senior manager* transversal » qu'Eugène ne croisait qu'occasionnellement aux réunions stratégiques où son département de Recherche et Développement rencontrait ceux des Projets et Process, l'avait pris à part un jour, alors que la nouvelle de son départ n'était pas encore officielle, J'attends beaucoup de vous, Eugène, j'ai toujours cru en votre talent, je suis votre carrière depuis longtemps vous savez. Ce qui était encore plus intimidant, même si Eugène savait bien que c'était faux. Comment le *senior manager* transversal aurait-il eu vent de lui, si ce n'était par la DRH, au moment de le recaser in extremis après le fiasco chinois ? Peu importait d'ailleurs. L'Entreprise envoyait des messages. Il fallait être à la hauteur.

Bien sûr il avait déjà entendu parler du déclin de Motor City, c'était quelque chose qui couvait depuis les années 1970, la crise du pétrole puis l'arrivée des Japonais sur le marché avec leurs petites caisses rondes bien équipées qui consommaient si peu. Après les émeutes de 1967, beaucoup de Blancs étaient partis vers les banlieues. Des usines aussi, si bien que la classe moyenne afro-américaine avait eu tendance à suivre le mouvement, abandonnant le centre à la pauvreté et au crime. Ce fut le cas de nombreuses villes aux États-Unis. Il avait entendu parler de Detroit comme de Baltimore, de Washington ou de Cincinnati. Des villes dangereuses, autant que certaines zones de guerre du point de vue des statistiques, mais circonscrites à des quartiers où, de toute façon, il n'était pas censé mettre les pieds. C'est ce qu'il avait pensé alors, pour se rassurer.

Il savait bien en y allant que ce n'était pas tout à fait une fleur que lui faisait l'Entreprise. Mais enfin c'était une ville et l'on y parlait anglais, il n'y avait ni Chinois ni communistes et ça n'était pas si loin de la maison, et puis c'était une deuxième chance même si ce n'était pas une fleur, une chance c'est à saisir, se répétait-il en récupérant ses valises. Il passa la douane avec une douzaine de boîtes de pâté et un saucisson sec emballé sous vide, une rosette de Lyon exactement. Les petits bassets ridicules en manteau vert de la police des douanes ne reniflèrent rien, ils ne devaient pas connaître la rosette, juste la drogue et les explosifs. Jusque-là tout va bien, se dit-il.

On l'attendait à l'aéroport, un type avec lequel il n'avait échangé que par mail, qui serait pour les mois à venir son seul contact avec la maison mère, la branche américaine de l'Entreprise, il était chargé de mettre en œuvre le projet d'Eugène et de son équipe en fournissant tout ce dont ils auraient besoin, un mélange de factotum et de superviseur qui était censé résoudre les problèmes de logistique. C'est lui qui avait installé les bureaux, loué les petites maisons en banlieue, lui qui fournirait les voitures de fonction et mettrait son secrétariat à leur disposition.

Eugène s'était imaginé une sorte de Viking en polo, conquérant capable d'aller marcher sur la lune en sifflant si seulement on lui indiquait le chemin – c'était ainsi qu'on imaginait les Américains dans le monde des affaires. Eugène le chercha du regard dans la foule clairsemée du hall, parmi les businessmen déjà pressés en costume-baskets et les retraités obèses venus visiter les Grands Lacs hors saison. Des familles se retrouvaient en s'embrassant, des chauffeurs de limousine en gants blancs et veste à galons vantaient leurs services « first-class », des organisateurs de tours en chemise bleu électrique ou jaune citron brandissaient des pancartes ornées de photos de couchers de soleil où se prélassaient les logos de leurs compagnies. Il y avait un brouhaha infernal et chacun semblait savoir où aller. Un homme s'approcha d'Eugène. Il tenait une pancarte à son nom.

C'était un gringalet portant un catogan de cheveux roux. Il nageait dans une chemise en soie trop large sur laquelle volaient des poissons. Il était si maigre que son sourire occupait presque tout son visage. Un petit nerveux qui parlait trop vite. On aurait dit un producteur de musique.

L'accent, sans doute. Le maigrichon ouvrait et nasalisait tellement les « o » et les « a » qu'Eugène crut qu'il s'appelait « Pet », comme un petit animal de compagnie, ce qui était impossible bien sûr, ce devait être

« Pat » et c'était donc lui, le contact. Patrick. Eugène bredouilla qu'il était un peu fatigué par le voyage. Il se présenta en montrant la pancarte du doigt :

— Eugène, comme la petite ville en Oregon.

Il y eut un moment d'incompréhension totale.

Patrick le regardait.

Eugène regardait la pancarte.

— Oregon… Petite ville.

À cet instant l'autre éclata de rire, un rire bref aussitôt étouffé. Il lui tapa sur l'épaule.

— *'Kay ! Gat it ! U-jean, 'cawse ya're U-jean ! C'mon !*

Et il repartit d'un rire en empoignant ses valises si prestement qu'Eugène, qui s'y appuyait négligemment, chancela avant de le suivre au petit trot.

Jusque-là tout va bien. Il ne s'en faisait pas trop pour l'accent, il savait que ça viendrait. Il était seulement un peu triste de ne pas avoir su le convaincre de la prononciation de son prénom. Il se promit de le dire avec plus de conviction à l'avenir. Il faut s'affirmer, Eugène, c'est ce que lui répétait souvent N+1. Et puis le gringalet conduisait une Pontiac, un modèle familial d'entrée de gamme, mais quand même, c'était un sujet de conversation facile, il devait pouvoir se rattraper. C'était la spécialité d'Eugène, les « voitures musclées » telles que les avait inventées Pontiac avec la GTO. À titre personnel évidemment. S'il avait parlé de ça dans sa lettre de motivation, on ne l'aurait jamais embauché dans l'Entreprise. C'est un peu comme dire qu'on aime les armes pour s'engager dans l'armée : c'est à la fois évident et interdit. Pourtant, depuis qu'il était adolescent ces voitures mythiques des années 1960 qu'il n'avait jamais connues étaient le fondement de sa passion pour l'automobile, peut-être même une bonne part de son admiration pour les États-Unis. Il y avait toujours eu des grosses voitures, même avant l'apparition des moteurs à huit cylindres montés en V – les fameux V8, mais c'étaient des voitures de sport pour l'élite ou pour la compétition. La révolution des « Muscle Cars », ce fut de casser la règle du rapport entre poids et puissance en greffant ce genre de moteur à gros rendement sur des châssis légers. Les freins et les amortisseurs étaient renforcés, mais toutes les pièces sortaient de séries d'usine, il avait suffi de surdimensionner le capot pour proposer des petits bolides accessibles, dans une version coupé agressive qui avait vite dépassé les trois cents chevaux et les deux cent trente kilomètres heure. La version pop et *ready-made* des *hot rods* de vétérans qu'on trouvait aussi en France et en Angleterre, prêtes à se faire bichonner les cylindres et les joints de culasse par amour

de la vitesse et de la liberté. James Dean.
L'Amérique.

Elles étaient le véritable langage de l'Amérique.

— Pontiac GTO 64.

— DeLorean était un génie. Il l'a bricolée
sans le dire à personne.

— GM voulait se retirer des courses.

— Je suis dingue de la Firebird 67.

— Il a repris la Camaro de Chevrolet pour
détrôner la Ford Mustang.

— Le V8 350 est un sacré moteur
aujourd'hui encore.

— DeLorean était un génie.

— Trans-Am 69. La Voiture.

— Le *hood scoop* branché sur le filtre à
air, sortant directement à travers le capot,
ça avait du style.

— Il y avait un méplat qui s'ouvrait quand
on mettait les gaz.

— Et ce look. Les jupes d'ailes, les bandes
bleues.

— La version avec le moteur Ram Air IV
de trois cent soixante-dix chevaux.

— On n'en a plus construit d'aussi puissant depuis 1972.

— Ces voitures étaient des fusées.

— Leur litanie est un poè me.

— Charger.

— Super Bee.

— Gran Torino.

— Barracuda.

— Impala.

— Nom de Dieu, c'étaient de sacrées voitures.

— Des fusées.

— Regarde-moi ça.

Patrick fait le tour de la Vibe 2006 qu'il avait empruntée au siège pour venir chercher Eugène à l'aéroport, soulève le capot.

— Regarde ce gâchis.

— C'est quoi, ça ?

— Un moteur Toyota.

— Ben merde.

— Tu peux dire Fuck si tu veux, je sais que les Français disent Fuck tout le temps.

Ils étaient consternés, mais ils venaient d'avoir la meilleure conversation de la journée.

Toyota ne fera jamais la Firebird 67.

Le grand incendie

Gros Bill avait repéré une maison, un peu plus au sud, vide. Elle avait déjà été pillée. Les radiateurs, la robinetterie, les tuyaux de cuivre, il ne restait rien, on pouvait le voir par l'ouverture de la porte défoncée, les murs étaient creusés en bas, Si ça se trouve ils ont même emporté les fils électriques, disait Gros. Les fenêtres en aluminium avaient été arrachées. Ça s'abîme vite une maison quand il pleut à l'intérieur pendant des mois. La toiture commençait à pencher dangereusement, elle menaçait de glisser vers la rue et, du côté opposé, plusieurs poutres de la charpente s'échappaient de la structure, balèvres inversées vers l'extérieur, se délabrant sous les intempéries comme des os sortant pleins d'esquilles d'une fracture ouverte.

Toute la maison, dans sa physionomie, donnait l'impression de devenir molle, d'onduler vers un point de déséquilibre où elle ne pourrait plus s'empêcher de s'effondrer, mais selon une chute incroyablement lente, imperceptible. C'était effrayant et contre nature. Elle ne tenait plus que par la résistance interne des poutres et des briques empilées qui refusaient de céder, soumises à des pressions, des tensions et des torsions incalculables qui s'exerçaient selon des axes imprévus. Elle tombait en se ratatinant inexorablement. C'était le genre d'images qui faisaient mal à contempler, comme les photos d'accidents ou ces corps de vieux, bossus et pliés, articulations déformées, douloureuses.

— Les choses, quand elles meurent comme ça, lentement, on dirait des gens.

— Passe-moi les bidons. On va abréger ses souffrances.

Skinny faisait le guet avec Bo, pendant que Bill, Richie et Strothers versaient les sept litres d'essence sur le porche en bois et par les deux fenêtres côté rue. C'est Strothers qui avait les allumettes, il fumait régulièrement depuis cette année.

Le reste de la nuit, ils le passèrent assis sur le trottoir d'en face à regarder la maison flamber en parlant des filles du quartier et de la désespérante saison des Pistons, incapables de gagner la finale des playoffs. Les pompiers ne vinrent même pas. Ce soir-là, deux cents maisons brûlèrent à Detroit.

C'était leur première nuit du Diable, une sorte d'initiation. Un mélange de peur et de jubilation. Même Gros n'en menait pas large. La façade s'était embrasée rapidement, à cause de l'essence, mais ça n'avait pas duré, le feu avait reflué à l'intérieur, gagnant par le plancher et la charpente. Les flammes sortaient par les fenêtres et la porte béante, timides au début, perçant, déchirant par intermittence l'épaisse fumée blanche qui s'était d'abord formée au rez-de-chaussée comme un feu de bois humide qui peine à prendre et s'étouffe, crachote tel un noyé à la recherche de l'air, dégorgeant des gaz et de l'eau bouillante, et puis se colorant peu à peu, de plus en plus sombre jusqu'à ce que la fumée, s'échappant de la moindre ouverture, gagnant les fenêtres de l'étage et les tuiles manquantes, les trous de la façade et dans la toiture, s'exhalant en vibrionnant de ces dizaines de cheminées improvisées qui créaient autant d'appels d'air, jusqu'à ce que la fumée, d'un noir alors profond et mat, mange le ciel et recouvre la nuit elle-même.

Avec elle était arrivée une odeur nouvelle et forte qui avait rapidement dissipé celle de l'essence. C'était une drôle de sensation. Un goût plus qu'une odeur, un goût amer et chaud. Il leur piquait les yeux et leur brûlait la gorge, les empêchait de respirer par le nez sans tousser comme de vieux fumeurs. Ils battirent en retraite, s'éloignèrent un peu plus, de l'autre côté de la rue, jusqu'au prochain jardin en friche. Mais la fumée qui sortait de chaque interstice, de chaque fissure du bâtiment, de chaque brique manquante, était lourde et aucun vent ne venait la disperser. Elle fusait depuis mille jointures défaites de la maison en ruine et coulait ensuite autour d'elle, la dissimulant presque entièrement aux regards, se répandant dans le jardin et dans la rue comme une nappe d'obscurité opaque, plus noire que la nuit.

Ils se serrèrent les uns contre les autres. Ils ne parlaient plus à présent.

Puis vinrent les premiers craquements. Des planchers sans doute et des poutres qui, cédant à la chaleur et s'embrasant d'un coup, éclataient et crépitaient follement, jusqu'à exploser en projetant des myriades de braises minuscules. Le feu dévorait tout comme un monstre vivant, un démon qu'ils apercevaient parfois trouant la suie de la fumée lorsqu'une flamme surgissait par une des fenêtres et venait lécher la façade. La peinture ou ce qu'il en restait se déformait en cloques qui se propageaient, s'étendaient en s'enflant avant de crever comme des bulles de chewing-gum. On eût dit que la façade elle-même, à la forme brisée déjà vague, gonflait en bouillonnant.

Ils étaient assis dans l'herbe sur leurs talons. Se regardaient parfois, hésitants, épiant sur le visage de l'autre la lumière vacillante projetée par l'incendie, cherchant du regard leurs yeux complices où brillaient la peur et les flammes comme un reflet sauvage, pour se donner du courage.

Et puis soudain il y eut un grondement plus fort et plus prolongé que les autres, semblable à un roulement de tonnerre, et le toit s'effondra autour de la cheminée de briques. Un air brûlant les submergea et leur coupa le souffle, leur fit fermer les yeux. Un arbre qui penchait vers la bicoque s'embrasa en un instant de toutes ses feuilles mortes et ses branches tordues, apportant son concours aux flammes démesurées, obscènes, qui tendaient maintenant leurs langues vers le ciel.

Un premier mur céda sur le côté, emportant la moitié de la façade avec lui. Le bruit sourd de son lent écroulement leur parvint à peine, couvert par l'incendie qui ronflait désormais, ne s'arrêtait plus de ronfler tel un énorme moteur, le fourneau d'une chaudière lancée à plein régime.

Il aurait fallu crier pour s'entendre mais la peur, l'excitation, la fascination pour le feu, la stupéfaction devant ses ravages, l'inquiétude, ce mélange de jubilation et d'angoisse qu'on appelle l'inquiétude, d'être les auteurs en quelque sorte d'un événement trop grand pour eux, tout cela leur fermait la bouche et le cœur. Et quoi crier, quand on ne sait même pas bien ce que l'on ressent au juste, si ce n'est un frisson d'effroi qui n'a pas de nom. Jouissance du mal, plaisir coupable, ce ne sont pas des sentiments de gosses. Mais peur sans doute, peur, non pas du péché dont ils étaient innocents, mais que ce soit si facile. Que personne n'ait pu l'arrêter.

Au matin, ils rentrèrent en serrant les rangs, sans parler, les poings au fond de leurs poches, les yeux rougis par des visions qui piquent. Leurs vêtements étaient tachés par la cendre blanche encore chaude qui s'était mise à voler partout dans l'aube, comme une tempête incroyablement légère planant au ralenti dans l'air autour d'eux, la première tempête de l'hiver, lente et silencieuse, à jamais suspendue dans leurs souvenirs d'enfance.

Leur ville

Eugène se souviendrait longtemps de sa première impression. La banlieue de Detroit ressemblait à tous les clichés sur la banlieue américaine. On rentre dans la ville par l'autoroute et, malgré sa bonne humeur, il ne put s'empêcher, pendant que Patrick le conduisait au siège de l'Entreprise, de trouver que cela manquait de charme. Entre l'aéroport et la ville, ils filèrent au milieu de kilomètres carrés de parcelles identiques : des maisons en longueur, dont la construction standardisée laissait imaginer le garage à côté de la cuisine, puis le salon à peu près de la superficie du garage, le fameux *living-room*, surmonté d'un étage plus petit – deux chambres. Les maisons sont en bordure de terrain, le jardin à l'arrière. Sur les parcelles plus cossues, la demeure est un peu plus grande et va parfois jusqu'à ressembler à un petit manoir décoré d'échauguettes pathétiques. Surtout, elle est au centre du lot : il y a un jardin derrière et devant. Depuis l'auto-route, on ne pouvait pas se faire une idée précise de leur état.

Il pensa que c'était laid parce que c'était uniforme et plat, comparé à Paris ça ressemblait déjà à une province désolée, un dimanche à la campagne, pourtant il souriait en pensant à la mythique Woodward Avenue et à ses courses d'accélération du samedi soir, à la fin des années 1960. Les Who avaient donné leur premier concert en Amérique ici, à Detroit.

Là-bas, vers l'horizon, il pouvait apercevoir Downtown, au bord de la rivière, on voyait ses tours de loin. Il savait que les plus en amont, en direction du lac Huron, en face de Belle Isle et du Canada, c'étaient les énormes cylindres de verre du Renaissance Center, le cœur de l'Entreprise, le siège mondial géant du géant mondial de l'automobile, sans vis-à-vis, ne reflétant que l'infini du ciel américain, peut-être en encore plus bleu.

Ils prirent une sortie d'autoroute qui semblait plantée là exprès pour s'en approcher, une gigantesque courbe à quatre voies légèrement relevée, descendant doucement vers les buildings en ne laissant voir que les paysages lointains de la rivière et des collines boisées de l'autre rive, et Eugène eut l'impression d'atterrir une seconde fois à Detroit. Jusque-là tout va bien, se dit-il.

Puis la journée s'emballa. Visite des locaux, poignées de main, registres, badges, consignes et formulaires. Finalement Patrick le conduisit dans la tour, un peu plus haut en ville, où l'on avait installé les locaux de ce qui allait bientôt devenir le treizième bureau. Il prit cette fois par les avenues et les rues ordinaires, et Eugène comprit à quel point ce n'était pas une fleur, Detroit, et qu'on ne l'avait pas envoyé là par hasard. Dans la pédagogie du management imaginée par l'Entreprise, il n'y avait jamais loin entre la promesse de récompense et le piège, l'occasion de se rattraper et la punition. Sitôt qu'ils eurent dépassé les façades rutilantes des buildings à bureaux, le paysage se dégrada rapidement. À la veille de la Catastrophe, comme disaient les gens ici, la ville était au bord d'un gouffre. Des immeubles entiers aux fenêtres manquantes opposaient au ciel leurs squelettes de dentelle ajourée. On eût dit des constructions encore inachevées, cependant Patrick lui expliqua en souriant que c'était l'inverse qui s'était passé ici. Les immeubles avaient été occupés et ne l'étaient plus. Ça avait l'air de l'amuser. À vrai dire, Patrick semblait s'amuser de tout. D'anciens sièges de sociétés, d'anciens hôtels de luxe et d'anciens centres commerciaux exhibaient leurs ruines encore fraîches, monumentales et solitaires, au milieu de la grisaille ordinaire de la ville. Eugène frémit en pensant

que ce monde était déjà sur le point de disparaître. Il était sidéré. Il voulut baisser la
fenêtre de son côté mais Patrick ne le permit
pas. Il conduisait vite. Il jurait comme un
charretier à chaque fois que quelque chose
le ralentissait, parce qu'il pensait sans doute
que la vulgarité rapproche, qu'elle fait plus
« naturel ». Il disait, Tout est en train de
pourrir ici, les immeubles, fuck, les rues,
fuck, même les affaires, même la politique,
fuck, fuck, fuck. Il terminait sa diatribe en
accélérant et en gratifiant d'un doigt d'hon-
neur la femme qui s'apprêtait à traverser la
route. Puis il riait.

— Il ne faut pas faire ce que je fais, hein,
Eugène ? La plupart de ces enfoirés ont un
flingue.

— Ça fait longtemps que c'est comme ça ?

— C'est une période de transition. Si tu
veux mon avis, ce n'est pas près de s'arranger.

— C'est étrange, mais ce n'est pas laid.

— Si on veut. Traverser la ville me donne
toujours l'impression de regarder un porno.
Tu sais, une fascination coupable.

Un peu plus loin les quartiers plus rési-
dentiels et commerciaux ne semblaient pas
se porter beaucoup mieux. Trop de maisons visiblement délabrées, trop de fenêtres
condamnées par des planches clouées à la
hâte, et plus loin encore, s'approchant de
la tour de bureaux et de l'ancienne usine, au
bord de ce territoire qu'on surnommait la

Zone, des blocs entiers de terrains vagues, des jardins qui s'enchaînaient sans plus de clôtures que des haies informes envahies par le lierre et les ronces, une vraie prairie du Midwest, avec des arbres tordus et des petits tas de ruines que la ville n'avait pas encore trouvé le temps ni l'argent de déblayer. Çà et là, incongrues et effrayantes comme des témoins obstinés accusateurs du désastre, des maisons demeuraient encore debout. Une sorte d'apocalypse lente. Le sentiment de contempler un paysage qui tenait à la fois du film catastrophe, du cauchemar et de la science-fiction. L'occasion troublante, normalement impensable, de contempler les ruines de notre propre civilisation. Les restes d'une civilisation.

Celle-ci s'appelait la classe moyenne. Tendance pauvre, mais quand même.

Eugène avait du mal à en croire ses yeux. Ce n'étaient pourtant que les signes avant-coureurs de la crise qui allait frapper cet hiver-là comme une peste. Avec les banques, c'est tout le mode de vie américain qui était sur le point de s'effondrer. Dans la tour elle-même où l'on avait installé les bureaux de son équipe, pénétrant par l'entrée principale du bâtiment qui ouvrait sur un centre commercial, il ne put s'empêcher de remarquer les boutiques fermées par un rideau de fer, les boutiques à vendre avec un simple numéro de téléphone sur une affichette, les boutiques en soldes quand ce n'était pas la saison.

Sans Patrick il aurait peut-être espéré qu'il s'était trompé, que ce n'était pas le bon endroit, qu'on l'avait orienté par erreur dans le mauvais avion lors de sa correspondance à Reykjavik au milieu de la nuit. Un autre passager portant le même nom que lui, un autre Eugène, se serait envolé pour un autre Detroit, le vrai, celui où des centaines de milliers de gens travaillent dans les usines où l'on invente, jour après jour, un monde meilleur de confort et de liberté, à force d'innovations à la pointe de la technologie. La voiture en était le symbole parfait. La devise de l'Entreprise : « Le bonheur au bout de la route. » Sans Patrick, il aurait pu espérer que ce fût ce genre d'erreur tragique dont on rigole après coup, une fois le malentendu dissipé.

Mais Pat souriait et jurait, confiant, nageant dans sa chemise en soie aux poissons volants, et les bureaux tout neufs étaient bien situés au treizième étage, en face d'une compagnie d'assurances. À l'en croire, cette foutue ville – il disait « leur » ville – n'était tenue à bout de bras que par une poignée de banlieusards industrieux, ce qui sous-entendait certainement « blancs », mais Pat était assez malin pour ne pas le dire comme ça. Il lui donna un jeu de clés portant une étiquette à son nom.

— C'est moi qui ai tout fait aménager pour ton arrivée. Tout, les locaux, on a mis des cloisons pour ton bureau ici, la salle de conférences, l'open space là, tout, le matos dernier cri, j'ai même pas d'ordis comme ça au bureau. Il n'y a que la clim qui ne marche pas encore, je ne sais pas pourquoi. Putain, ça a été un chantier, tu peux pas savoir ! Évidemment ils m'ont tout laissé gérer tout seul. Ils font toujours ça. Comme si j'étais un putain d'entrepreneur ou d'agent immobilier, bordel, il faut savoir tout faire ici ! Comme si j'avais pas assez de ma fiche de poste ! Mais tu peux compter sur moi. Sans déconner, Eugène, votre projet est super, j'adore le truc. Je vous ai soutenus à fond pour qu'on le fasse ici. Ça va être génial. Si t'as besoin de quoi que ce soit.

— Et ton bureau à toi, Pat ?

— Je suis resté au siège. Tu comprends, tellement de choses à gérer en même temps. Mais tu peux compter sur moi.

Une telle insistance aurait dû lui mettre la puce à l'oreille. Pat sautillait comme un gosse, comme si on allait bien s'amuser, comme si c'était une farce. C'était bien pire qu'un malentendu.

Eugène avait juste le temps d'une petite « visio » avec N+1 pour tester le matériel. Il était lessivé par le décalage horaire. Bredouillant, pâle – cela comme à son habitude. Sidéré par ce qu'il avait vu, dont il soupçonnait que ce ne fût encore que la partie émergée du cauchemar américain. Il ne savait pas s'il devait s'en vouloir d'avoir pu croire qu'on lui faisait une fleur, que ce serait facile, ou s'il devait en vouloir à l'Entreprise. Il essayait d'imaginer sa vie ici et cela lui donnait des sueurs froides, lorsque N+1 apparut sur l'écran géant de la salle de conférences.

Jusque-là tout va bien, dit-il.

Sur la petite fenêtre vidéo qui s'était ouverte dans un coin de l'écran, quelque part à Detroit, Michigan, USA, à côté d'Eugène Patrick souriait inexorablement. Le bureau n'avait pas de nom, aucune plaque sur la porte d'entrée. Il semblait flotter au-dessus du brouillard de la Zone, isolé dans les étages de la tour fantôme en train de se vider de ses commerces. Par dérision, par lassitude, Eugène et ses collaborateurs l'appelleraient bientôt simplement « le Treizième Bureau ».

Patrick le raccompagna chez lui. Survola cette fois la misère dans le flux de l'euphémisme autoroutier. Une claque dans le dos et, Oh, une dernière chose : ne traîne jamais, jamais en ville après la fermeture des bureaux.

Évidemment, Eugène fit tout le contraire.

C'est ce soir-là qu'il rencontra Candice, qui ne fut alors pour lui que la serveuse au rire brillant et rouge.

L'odeur de son enfance

Lorsqu'il rentra chez lui, le matin qui suivit l'incendie, au pied des quelques marches qui menaient au seuil, sous le porche éclairé, Charlie était seul.

La petite bande s'était séparée au long de la rue avec des « salut » chuchotés dans le froid mordant du petit matin, à mesure que chacun obliquait vers la maison de ses parents. Les autres s'arrêtaient, attendaient que celui-là traverse la pelouse et ouvre la porte puis la moustiquaire, se retourne sur le seuil : tout le monde alors se faisait un dernier signe de la main. Ils se forçaient à sourire. Ils auraient voulu être plus légers, pouvoir en parler en riant, passer des heures encore à se raconter l'aventure de ce grand incendie, leur première nuit du Diable, chacun aurait rajouté des détails que les autres n'auraient pas remarqués, ils auraient fini par en inventer. Tout serait rentré dans l'ordre. Ils auraient voulu rester ensemble.

Mais le silence qui régnait en ville à cette heure leur donnait malgré eux des allures de conspirateurs.

Une voiture passa, les phares encore allumés, c'était peut-être Eugène qui se rendait au bureau, et ils se cachèrent derrière un bosquet d'arbres au bord d'un jardin à l'abandon. Ils avaient beau se répéter pour s'en convaincre qu'ils n'avaient fait cela que par jeu et pour passer le temps, ils savaient bien qu'ils n'auraient pu expliquer ça à personne. Il fallait rentrer avant que les maisons ne s'éveillent.

Ils s'étaient juré de ne rien dire. C'était leur secret. Chacun l'emportait chez lui, et dans la petite bande qui s'amenuisait en remontant la rue ils étaient toujours moins nombreux à pouvoir encore le partager. Ils se séparaient de plus en plus rapidement, de plus en plus silencieusement. Ils souriaient de moins en moins.

Jusqu'à ce que Charlie se retrouve seul. Le porche était resté éclairé toute la nuit. Il regarda la rue déserte une dernière fois avant d'appuyer sur la poignée de la porte. Sa grand-mère ne fermait jamais à clé. Il entra, seul avec son secret.

Il crut d'abord que tout allait bien, qu'il était revenu à temps pour que son escapade nocturne soit passée inaperçue. Il retira ses baskets et son pantalon qu'il prit soin de plier et de poser sur ses chaussures, dans l'entrée.

Il réduisait le nombre de gestes à effectuer à un minimum qu'il savait pouvoir réaliser dans le noir et sans bruit, comptait monter jusqu'à sa chambre pieds nus, se glisser simplement dans son lit. Il connaissait par cœur les marches de l'escalier, savait les grimper sans faire craquer celles du virage ni tenir la rampe grinçante, s'appuyant au mur, marchant sur la pointe des pieds, la posant en une seule fois sur le bord des degrés, deux à deux. Bien sûr c'était impossible que le bois ne fasse aucun bruit, mais il s'était rendu compte que s'il parvenait à transférer le poids de son corps franchement, après avoir doucement posé son pied sur la marche suivante, cela ne produisait au pire qu'un seul craquement sec, comme le parquet en émettait parfois au milieu de la nuit, sans que quiconque marchât dessus. Il suffisait alors de s'arrêter, de tenir une minute. Il savait aussi qu'en tirant la poignée de la porte de sa chambre avant de l'actionner, elle ne couinerait pas. Deux pas et il serait dans son lit, il n'aurait plus qu'à rouler dessus. Ensuite, il prendrait tout son temps. La clé, c'était de faire suivre chaque bruit inévitable d'une longue période de silence immobile. Comme un animal – il avait vu ça à la télé. Il suffisait de se figer comme une statue, de fermer les yeux, pour devenir invisible.

C'est ce qu'il fit en arrivant au dernier tiers de l'escalier lorsque, sa tête parvenue au niveau du palier, il vit le rai de lumière jaune sous la porte de la chambre de sa grand-mère. Il compta jusqu'à soixante. Ouvrit les yeux, gravit encore quatre marches – deux pas. Un grincement. Soixante secondes. Atteignit le palier, s'immobilisa de nouveau.

C'était le moment critique. Sa gorge était sèche, il avait l'impression qu'il pouvait entendre battre son cœur. S'il traversait ce couloir jusqu'à sa propre chambre, c'était gagné.

Il roula dans son lit, glissa ses jambes sous les draps, fixa le plafond et, peu à peu, se remit à respirer normalement, s'autorisa à bouger de nouveau pour s'installer plus à son aise, sa tête à sa place habituelle sur le bas de l'oreiller, les pieds presque contre le bois du lit, un bras relevé entourant ses cheveux, l'autre le long du corps, comme il avait toujours dormi depuis qu'il était petit, excepté que, ce matin, il ne dormait pas. Il avait tout juste eu le temps de fermer les yeux quand la porte s'ouvrit.

Il entendit sa grand-mère entrer dans la pièce. Sentit le parfum de son eau de toilette se pencher sur lui. C'était un parfum doux de fleurs qui poussent au bord de l'eau, mêlé à autre chose, peut-être aux crèmes qu'elle utilisait ou à ses produits de maquillage, une odeur un peu fade et grasse qu'il n'aurait pas su vraiment décrire mais qui était immanquablement, pour toujours et pour lui, l'odeur de sa grand-mère. L'odeur de son enfance.

Il faillit se trahir lorsqu'elle l'embrassa sur le front parce qu'il ne s'y attendait pas. Puis elle s'assit au bord de son lit et il remua pour lui faire une place, sans ouvrir les yeux, comme si c'était naturel de faire de la place dans son sommeil pour les gens qui nous aiment. Il essayait de respirer lentement, profondément mais aussitôt cela lui donna envie de bâiller. Il retint son inspiration dans sa gorge et se mordit les joues, se gratta le palais avec la langue. Son menton trembla légèrement.

Elle ne bougeait pas. Peut-être qu'elle ne s'en irait pas.

Charlie savait qu'en maintenant fermée la paupière qui lui servait à faire un clin d'œil, il pouvait ouvrir l'autre de façon parfaitement indétectable, la décollant à peine, jusqu'à entrevoir au travers de ses cils un monde de lumières et d'ombres aux contours flous. Ils s'entraînaient, les copains de la petite bande, à chaque fois qu'une blague commençait par « ferme les yeux ». Il n'y avait plus ensuite qu'à diriger le regard en bougeant la tête doucement, la pupille toujours collée en bas, au ras de la vision.

Elle était légèrement voûtée, dans la silhouette frêle de sa chemise de nuit. La lumière poudrée du matin jetait sur sa peau des éclats brillants qui en soulignaient la maigreur et l'âge. Elle avait posé une main sur les draps, de l'autre elle soutenait sa tête penchée qui l'observait. Il sembla à Charlie qu'elle marmonnait quelque chose qu'il ne comprenait pas. Peut-être une sorte de prière dont les mots prononcés tant de fois ne sont plus qu'un souffle sur les lèvres.

Elle redressa la tête et se frotta les yeux, se détourna pour regarder sa chambre, les dessins et les posters de revues qu'il avait punaisés aux murs, des sportifs, des chanteurs qu'évidemment elle ne connaissait pas. La lumière du jour naissant tombait dans la pièce à travers les persiennes, découpait des bandes pâles dans l'ombre des choses. Les affaires de classe éparpillées sur son bureau d'enfant et son sac à dos suspendu à la chaise, les quelques tee-shirts qui traînaient hors du placard, les magazines illustrés de superhéros parsemés au pied du lit, et lui, allongé dans son corps d'enfant, dans la même pose abandonnée qu'il avait déjà quand il était petit, lui qui faisait semblant de dormir, Charlie qui était tout pour elle, tout ce qui lui restait de famille et de sa vie passée, et toute la promesse de l'avenir.

Elle se mit à renifler, se frotta de nouveau les yeux. C'est alors qu'il comprit qu'elle sanglotait doucement.

Elle se mit à lui parler, mais il se força à garder les yeux clos.

Precinct 13

La voiture manque de frotter la pente avant que les amortisseurs ne se raidissent et projettent les roues par-dessus le trottoir. Il contrôle le rétroviseur, vérifie qu'aucun traînard ne s'approche, attiré par le bruit du moteur. Il sort ouvrir le garage. Il sait que c'est idiot de laisser la portière ouverte pendant ces poignées de secondes, mais les habitudes ont la peau dure chez un vieux flic comme lui. Copper Canyon, qu'on appelait ainsi à cause du grand nombre d'officiers qui habitaient là, n'est plus que l'ombre d'une rue, défigurée par les façades aux fenêtres brisées, les palissades détruites donnant sur des jardins en friche. Quelques voitures rouillent sur place en travers des trottoirs. Elles n'ont plus de pneus, des pare-brise enfoncés, des portières qui pendent à leurs gonds. C'est un paysage dévasté à deux pas du centre-ville, le long de la rivière, qui n'attire plus que les squatteurs, et encore sont-ils de moins en moins nombreux parce que les immeubles sont ouverts au vent et à la pluie, et plusieurs planchers dans des entrepôts de commerce se sont déjà effondrés. C'est là qu'il a grandi.

En rentrant chez lui, le lieutenant Brown allume la lanterne extérieure qui surplombe la porte refermée du garage. La lumière grésille et vacille quelques instants comme une chandelle dans le vent, puis se redresse infatigable et fidèle, finit par former son halo jaune incandescent sur ce bout de trottoir, c'est une des seules lumières de la rue où il n'y a plus d'éclairage public depuis quelques semaines. Les voleurs de cuivre, sans doute. Le drapeau qui pend mollement sur le côté de la maison, fixé au tuyau de la gouttière, projette son ombre sur un coin du jardin mal entretenu. Il le voit depuis la fenêtre de la cuisine où il vient de prendre une bière dans le frigo.

Il semble que les étoiles sur la bannière sale pleurent des traînées de larmes rouges.

Il pose sa bière sur la table basse, allume la télévision en se saisissant de la télécommande qu'il envoie rouler sur le sofa, puis la lumière en faisant pesamment le tour de la pièce, celle sur la table qui lui sert de bureau et celle posée sur un rayonnage de la bibliothèque. Des bouquins, à quoi ça peut bien servir, à part à décourager d'un déménagement ? Depuis l'école de police, ses collègues le considèrent comme un original. C'est probablement ce qui lui a valu de se présenter au concours d'officier pour devenir lieutenant, et sans doute ce qui l'empêche d'être promu capitaine depuis qu'il est en âge d'y prétendre. Pas assez de résultats, pas assez d'arrestations musclées et d'opérations coup de poing. On lui donne les enquêtes qu'on a peu de chances de résoudre facilement. Les trucs tordus.

Il s'affale dans le canapé et sirote sa bière au goulot en changeant deux ou trois fois de chaîne, de toute façon à cette heure il n'y a plus grand-chose : des émissions musicales, sportives, animalières, des programmes de retransmission d'arrestations, des vieilles séries diffusées dans le désordre. La télé la nuit est comme ce coin de la ville, une sorte de ruine hantée dans laquelle errent des fantômes inutiles. Il coupe le son. Pose son chapeau mou à côté de lui sur le coussin, le regarde comme si c'était un animal si familier qu'il n'avait même plus besoin de lui parler, un chat peut-être.

Pendant toute la première bière son attention est flottante, les yeux mi-clos il survole les objets de la pièce à tour de rôle, les titres des journaux sur la table basse, les bibelots les livres les reproductions accrochées au mur, les mugs qu'il faudrait emporter à la cuisine et laver, les papiers les dossiers les photos sur son bureau autour de son vieil ordinateur, les factures à côté des journaux, qu'il faudrait trier pour les payer avant le quinze du mois, les bouteilles de bourbon vodka gin vermouth dans la commode ouverte, un vrai bar à cocktails qui prend la poussière, sa veste son manteau son imper sur le perroquet près de la porte, sa chemise de la veille accrochée au dossier de la chaise, qu'il faudrait mettre au sale dans le panier de la salle de bains qui sera toujours bientôt plein ; pendant la première bière il jauge le terrain en quelque sorte, sans précipitation, il s'octroie un peu de repos en avance parce que tout cela le fatigue déjà.

Mais puisqu'il doit se relever pour aller chercher la deuxième, ça lance un semblant de mouvement, il se remet en route. La deuxième bière, c'est l'occasion de rester debout, de faire un peu de rangement. À la troisième bière il retire enfin de sa ceinture l'étui du revolver qu'il pose dans le tiroir idoine, celui qui ferme à clé. Il enlève aussi sa cravate, déboutonne son col et s'assoit à son bureau. Il songe qu'il allumerait bien une cigarette, il a arrêté de fumer, et recommence à lire les dossiers. Il se récapitule l'avancée de son enquête et, pour un peu, on pourrait l'entendre penser.

C'est la troisième semaine d'enquête. Les choses paraissent s'accélérer. Il se dit, Je découvre de nouveaux cas tous les jours. Je ne sais pas comment ils traitaient les affaires, au Precinct 13, mais les dossiers de ce commissariat se sont accumulés sans suite au fil des derniers mois, si bien que personne ne semble avoir remarqué les disparitions. Toujours des adolescents. Victimes, suspects, familles, témoins, dans presque toutes les affaires il y a toujours un adolescent qui disparaît au cours de l'enquête. Partant du principe que je n'ai accès qu'aux dossiers qui ont fait l'objet d'une plainte ou d'un signalement, j'ai peur que le phénomène ne soit en train de prendre une ampleur considérable. On parle peut-être de dizaines ou de centaines de mômes qui se sont fait la malle ces derniers mois. Ils ont disparu. Envolés. J'ai demandé aujourd'hui à un collègue de m'aider à recueillir des données sur d'autres quartiers de la ville, mais il m'a ri au nez. Tu crois qu'on n'a pas assez de problèmes avec ceux qui sont là, tu veux aussi t'occuper de ceux qui partent ? Voilà ce qu'il m'a dit, et je sais que les autres pensent la même chose. Disparus, ce n'est pas un crime. Personne ne veut entendre parler des dossiers du Precinct 13. Après tout c'est pour ça qu'on me les a refilés. Tiens ! Brown, ça te fera de la lecture ! Connards. Mais j'ai acquis la conviction qu'ils ne partent pas seulement ailleurs dans le comté ou l'État. Je ne saurais pas expliquer pourquoi. Je ne saurais pas dire quel lien il y a entre tous ces gamins, et pourtant ça ne peut pas être un hasard. Ils disparaissent, voilà ce que je sais pour l'instant. Parfois je retrouve une famille et il manque un gosse, et ils me disent qu'il traîne et qu'ils ne savent rien, parce qu'ils ne veulent pas parler à la police. Comme si tout le monde avait quelque chose à se reprocher.

Brown rumine, il piétine. Il marmonne entre ses dents. Il dit, Le week-end dernier pour la nuit du Diable ils ont encore brûlé quatre cents maisons, on a dit deux cents pour les journalistes. Mais où sont passés tous ces gens dont les maisons brûlent ? Où partent donc tous ces gens qui n'ont pas de boulot, pas d'argent ? Ce n'est pas sérieux de dire simplement qu'ils sont partis, ça ne résout rien. Ils ne sont pas partis, ils sont passés sous le radar, ce n'est pas la même chose. Et les gosses ? Ils ne travaillent pas, ils ne conduisent pas, les gosses ! Où voulez-vous qu'ils partent ? Bon sang, on dirait que les choses s'emballent. Que toute la ville fout le camp et la mairie avec. Les enquêtes et les démissions s'enchaînent, il paraît que même le FBI est sur le coup. Ils recherchent les malversations du maire, les trafics d'influence, les flics pourris. Le dealer, Max Roberts, le petit ami de la call-girl par qui le scandale est arrivé. Il est malin, il a dû se planquer quelque part, il avait assez de fric pour ça. Je ne sais pas pourquoi mais je sens que tout cela est lié d'une manière ou d'une autre. Il faut bien qu'ils se planquent eux aussi, ces gamins. Il faut bien qu'ils trouvent de l'argent quelque part.

À la télévision ils ne parlent que de la crise des banques. Il existe toujours des liens mystérieux entre les choses qui arrivent. Des corrélations. Des motifs, comme dans un livre. Il y a un schéma général. Je commence à empiler suffisamment de données statistiques sur mon bureau pour qu'on me laisse enquêter, même si tout le monde est persuadé que ça ne sert à rien. Ce n'est pas grave. Cela prendra seulement plus de temps.

Brown fronce les sourcils. Tous les dossiers sur son bureau sont des pochettes cartonnées de la police de Detroit. Il y en a aussi deux caisses par terre, sous la fenêtre. En temps normal ils ne devraient pas quitter le fichier du commissariat, cependant la moitié d'entre eux étaient déjà éparpillés au sol, abandonnés, lorsqu'il s'était pointé là-bas, le meuble renversé, les murs et les bureaux vandalisés par des graffitis goguenards ou insultants. Le Precinct 13 et sa section de délinquance juvénile avaient fermé pendant l'été, par suite de coupes dans le budget de la ville. Apparemment, les scellés posés sur la porte n'avaient pas dissuadé les collecteurs de métaux et autres charognards. Les dossiers étaient là, par terre avec les photos des gamins, les dépositions, les adresses. N'importe qui aurait pu tomber dessus.

Cela représente des centaines de dossiers. Des centaines d'enfants, ce sont toujours eux qui trinquent les premiers quand les choses vont vraiment mal. Et Brown n'avance pas dans son enquête. C'est un mystère. On dirait qu'un joueur de flûte a conduit la moitié de la population dans le lac.

Il n'y aura pas de quatrième bière. Cela fait longtemps que ses insomnies ne sont plus sensibles à l'alcool. Au lieu de ça, il remplit d'eau la cafetière au chant de tuyauterie. Les nuits sont longues à Copper Canyon.

L'entremonde chinois

L'histoire du Treizième Bureau débuta à peu près en même temps que la crise et les scandales successifs qui frappèrent la municipalité et les géants de l'automobile, bien qu'il n'y ait pas de lien apparent, direct, entre ces séries d'événements.

En termes d'ingénierie industrielle, ce qui était le domaine d'Eugène, on pourrait simplement formuler les choses ainsi : lorsque le design d'un système est à la fois complexe et fortement corrélé, son évolution échappe à toute possibilité de prédiction. À partir du deuxième dysfonctionnement, il devient impossible de prévoir où aura lieu la troisième panne, et celles-ci s'enchaînent alors hors de tout contrôle, à un rythme qui s'accroît selon une fonction exponentielle. C'est le cas dans les centrales nucléaires par exemple. Ou à Wall Street.

Eugène était arrivé aux États-Unis à la fin de l'été, dans les premiers jours de septembre.

Quinze jours plus tard, la banque d'investissement Lehman Brothers faisait faillite. Trois jours encore et le maire de Detroit, Kwame « Hip-Hop » Kilpatrick, autrefois récompensé par le monde de la finance pour ses montages ingénieux, était contraint de démissionner devant l'accumulation des affaires judiciaires qui l'accablaient, jusqu'à trente-huit charges de corruptions, fraudes et rackets divers. Deuxième faille. À Detroit, la machine s'emballa.

Les choses prirent un tour sauvage.

Peu de gens en eurent conscience à l'époque, à cause de la nature imprévisible des crises de système. Les plus lucides se contentèrent de s'attendre au pire, mais le pire est toujours au-delà de nos attentes.

Eugène était ce qu'on appelle, dans le jargon de l'Entreprise, un « J3C », un Jeune Cadre à Carrière Courte. Un ingénieur avec juste suffisamment d'expérience pour qu'on lui confie des responsabilités, mais pas encore assez pour grimper dans la hiérarchie encombrée du siège. Autrement dit : mûr pour un voyage dont il reviendra auréolé des lauriers de la conquête. Une sorte de campagne militaire moderne. La « carrière courte » promise signifiait ainsi une progression de carrière rapide. Si on tenait le coup bien sûr parce que, comme dans toute campagne, il y avait des pertes.

Dans l'automobile les destinations sont en général le Brésil et la Chine. La première est évidemment bien plus courue que la deuxième. La vie semble si douce en effet, au Brésil, que l'Entreprise enregistrait chez ses cadres expatriés mariés un taux de divorce de deux sur trois. Eugène était quelqu'un de discret et de consciencieux, il était plutôt pressenti pour la Chine. Mais il n'était pas très doué pour les voyages.

On l'avait envoyé en Chine à trois reprises, pour de courts séjours, afin qu'il « prenne ses marques », dans une ville de plusieurs millions d'habitants dont il avait eu du mal à retenir le nom tant elle était inconnue en Europe. De fait, elle n'existait pas encore seulement dix ans auparavant. Ou peut-être qu'il y avait déjà un village – qui sait ? Dans la vallée, là, encerclée de montagnes, un village où l'on aurait cultivé du riz depuis des siècles, avant de découvrir sur les pentes paisibles de ce paysage immuable des ressources minières, fer, charbon – peu importe. Fleurirent des usines d'extraction, de métallurgie, des faubourgs. On déplaça les habitants des vallées voisines et d'autres plus lointaines parce que ça n'y suffisait pas. On gagna sur les rizières et les maré-cages des champs d'immeubles en béton. On rebaptisa la ville puisqu'elle n'avait plus rien à voir avec le village de jadis. Les usines s'étaient multipliées. Bientôt une brume jau-

nâtre dissimula les sommets des montagnes
et les quartiers lointains. C'était comme si la
vallée avait disparu dans un entremonde de
pollution et de misère.

Eugène était logé pendant ses séjours,
comme tous les autres cadres, dans une
enclave privée construite par l'Entreprise
elle-même. Il s'agissait d'une sorte de
hameau fermé de petites maisons à un étage,
toutes absolument identiques, plantées sur
des carrés de pelouse au long d'allées recti-
lignes, quelque part en banlieue – mais
personne n'allait jamais en ville puisque ce
n'était pas tout à fait une ville : pas de centre,
pas de monument, pas d'histoire. Au milieu
du complexe trônait un supermarché rempli
de produits d'importation et une école primaire. L'ensemble s'appelait une « unité de
vie ». Ce terme avait été choisi par l'Entreprise sans aucun humour, sans aucune référence ironique à la science-fiction, par un
bureau qui n'y mettrait jamais les pieds,
par des gens qui auraient sans doute détesté
vivre dans une « unité de vie » au milieu
d'une ville d'usines à l'autre bout du monde,
c'est pour cela que l'on avait besoin de types
comme Eugène.

Non loin de « l'unité de vie », il y avait
« l'unité de production », c'est ainsi que
l'Entreprise dénommait l'usine qu'Eugène
était censé diriger six jours par semaine,
onze heures par jour, pendant deux ans. Il

y avait un bon salaire à la clé, tout un tas de primes, presque pas d'impôts et la promesse tacite que, si tout se passait bien, ce purgatoire dans l'entremonde chinois serait une sorte de tunnel secret creusé dans la hiérarchie, un raccourci de carrière.

Mais bien sûr, ça c'était très mal passé, sinon Eugène n'aurait pas fini par atterrir à Detroit.

D'abord il y avait eu l'interprète. Eugène ne pouvait pas faire un mouvement sans elle. Elle l'appelait le matin, à six heures, ce qui constituait sans doute une sorte de leçon implicite sur « la Chine qui se lève tôt » – le nouveau mot d'ordre politique du régime –, et lorsqu'il sortait de la petite maison préfabriquée où on l'avait logé, une heure plus tard, elle était devant la porte comme si elle n'en avait pas bougé depuis la veille au soir. Ce comportement autoritaire était extrêmement perturbant, comme l'était sa dépendance absolue vis-à-vis d'elle dans la moindre de ses interactions avec ses futurs collaborateurs. Totalement ignorant de la langue chinoise, il avait sans cesse l'impression qu'elle trahissait ses paroles. Parfois une simple question donnait lieu à un discours de cinq minutes et parfois, inversement, lorsqu'il expliquait quelque chose d'un peu technique à propos d'un *process* industriel ou d'une méthode d'organisation, elle expédiait ça en une phrase.

Cela marchait dans les deux sens. Lors d'une de ces interminables réunions où l'un de ses interlocuteurs jouait des coudes pour se placer comme un homme fort de la future direction, vitupérant et hurlant parfois jusqu'à devenir tout rouge, faisant de grands gestes et fronçant les sourcils comme un acteur de muet, elle se penchait vers lui et lui glissait simplement :

— Il est contrarié.

— Je le vois bien. Que se passe-t-il ?

— Rien. Le problème est réglé. Il s'énerve pour montrer que c'est un bon chef et qu'il a traité la défaillance avec sévérité.

— Et c'est tout ?

— C'est tout.

Dès son deuxième voyage d'études, Eugène était convaincu qu'il ne comprendrait jamais rien et qu'on le laisserait consciencieusement dans l'ignorance. L'interprète avait dû recevoir des directives en ce sens. Il avait la sensation que tout se passerait pour ainsi dire sans lui, qu'on lui demandait de turbiner pendant deux ans pour rien, pour tenir le rôle, parce que la *joint venture* prévoyait sur le papier que le directeur serait européen, mais que dans les faits il n'aurait aucun moyen de se faire entendre. Un directeur fantôme dans l'entremonde chinois.

Pire, il finit par avoir l'impression qu'on l'espionnait. Il est vrai que le numéro deux – qui n'était numéro deux que dans la mesure où la convention spécifiait que le numéro un serait européen – avait une bonne tête de commissaire politique. Eugène se plaignait le soir au téléphone en appelant ses proches, il leur racontait sa journée monotone et la laideur de la ville où il avait malgré tout tenté un petit tour en voiture, et le lendemain matin lorsqu'il arrivait au bureau, Numéro deux lui disait en guise de bonjour, J'espère que vous n'avez pas trop le mal du pays. C'est vrai qu'il n'y a pas grand-chose à visiter, ici, on perd son temps à se promener en ville, mais vous aurez bientôt l'occasion de voir Pékin. Et il souriait finement à l'interprète avant de tourner les talons sans attendre qu'elle ait fini de traduire. Eugène se retrouvait alors face à elle, abasourdi.

De retour à Paris, il questionnait son chef, son N+1. L'Entreprise utilisait ce jargon mathématique afin de donner le sentiment rassurant que la hiérarchie n'était qu'une suite arithmétique de raison 1 et qu'on finirait donc toujours par progresser. Cela laissait entendre également que chacun n'était qu'un numéro.

N+1 répondait de façon désinvolte. « Écoutez Eugène, c'est surtout une opportunité de carrière formidable, les Chinois sont les Chinois, vous vous y ferez, évidemment ils sont communistes, alors ce ne serait pas étonnant que votre bonhomme soit un cadre du Parti, et puis quoi ? Espionner c'est un bien grand mot, Eugène, vous n'avez pas de secret à cacher. Votre vie privée, d'accord, mais votre vie privée ils s'en lasseront Eugène, vous verrez, au bout de quelque temps ils vous foutront une paix royale, tant que vous ne faites pas de politique, c'est la seule chose qui les énerve la politique, parce qu'ils sont tout de même encore communistes n'est-ce pas, mais je vous connais, Eugène, vous n'êtes pas un agitateur, une paix royale je vous dis, et puis c'est une opportunité formidable. » N+1 n'en avait vraiment rien à foutre.

Il ne mettrait jamais les pieds dans l'entre-monde industriel chinois.

Tant pis, avait dit Eugène.

Ça avait été une déflagration. On ne peut pas refuser une promotion, ça ne se fait pas. C'est un truc de perdant. Il y a des gens qui ont cru en vous, qui vous ont recommandé. Ils n'y seraient jamais allés, eux, mais ils considèrent qu'ils se sont mouillés pour vous, pour votre bonheur. Eugène connut une période de purgatoire, peut-être une légère dépression – c'est si courant en Europe.

Et puis il y avait eu la mission de coopération à Detroit. Même si sa foi en l'Entreprise était à présent émoussée, Eugène y avait vu l'occasion de se rattraper en somme. La culpabilité – le sentiment de mal faire – est un moteur presque aussi puissant que l'ambition – le sentiment de bien faire. L'Entreprise s'y connaissait en psychologie.

Georgia

Tu es tout ce qui me reste, Charlie.

Tu sais, lorsque ta mère est partie, je l'ai vue en rêve. C'était au bord de la rivière. Pas les taudis de Black Bottom, non, pas les allées de boue et de poussière et ces petites maisons sales les unes contre les autres, cette odeur insupportable et ces satanés papillons, tu sais, Charlie, les mouches de mai qui viennent mourir en nuées gluantes sur les routes et les trottoirs et qu'on écrase par millions dès qu'on met un pied dehors, non, c'était plus loin, dans un endroit qui n'est pas en ville. J'ai vu ta mère en rêve la nuit qu'elle a quitté la maison, au bord de la rivière mais ce n'était pas en ville. C'était quelque part au nord, à l'endroit où la rivière prend sa naissance dans le grand lac. Je ne sais pas ce que ça veut dire, Charlie. Je n'ai jamais été intelligente pour ça. Mais je sais ce que j'ai vu. J'étais là-bas, j'ignore ce que je faisais là-bas. Je me promenais. Il y avait une espèce de plage et c'était l'été, pourtant personne ne se baignait, j'étais toute seule. Le lac était vraiment magnifique, on n'en voyait pas la fin, tu te rends compte, il était tellement grand qu'on aurait dit que ce n'était pas un lac mais l'océan. Au bout de la plage où je me trouvais, il y avait de grands pins, ils devaient être vieux, bien plus que je ne le suis à présent, plus que nous ne le serons jamais. Ils étaient beaucoup plus hauts que les arbres qui se massaient derrière eux, y faisaient une forêt qui paraissait sombre et impénétrable. Les pins de la plage étaient majestueux. Ils avaient une ramure immense et se tenaient bien droit. On aurait dit des sentinelles. Après, jusqu'au nord, jusqu'à la neige éternelle, il ne devait y avoir que des arbres sombres, comme une armée immobile.

Je me suis approchée d'eux. Peut-être que j'avais vu quelque chose bouger de ce côté-là. J'ai pensé qu'il s'agissait d'un animal sans doute et je suis allée voir. J'ai marché le long de la plage qui bordait la rivière et je me suis rapprochée du lac. Et c'est là que je l'ai vue. J'ai vu ta mère comme je te vois, Charlie. Je ne saurais pas dire comment elle est apparue. L'eau du lac était tellement brillante, c'était aveuglant tu sais, le plein été, quand dans le ciel immense il y a ces nuages tout blancs et lisses qui sont comme griffés sur les bords et que l'horizon n'est qu'une sorte de brume scintillante. J'avais presque atteint l'ombre des grands pins, et tout à coup elle était là, à côté de moi. Et c'était parfaitement naturel, je n'ai même pas été surprise. De la voir ainsi je n'ai même pas eu peur, je ne me suis même pas mise en colère. J'aurais dû, si ça avait été un rêve ordinaire, mais c'était un miracle Charlie, un miracle, c'est ce que je me suis dit.

Elle était tellement belle, ta mère, et ce n'était pas à cause du lac et tout ça, c'était une très belle femme. Elle avait à peine trente ans. Elle avait encore tant envie de vivre, tu comprends, mais avec toi qui n'étais encore qu'un bébé et en vivant ici, chez moi, chez sa mère ! Je crois qu'elle avait prévu de revenir, un jour, et puis les choses ont dû mal tourner. On ne doit pas la blâmer, tu sais, Charlie.

Elle était habillée simplement, dans mon rêve, avec une robe que je ne lui avais jamais vue. Elle portait une sorte de voile. Je crois qu'elle était pieds nus. Elle a fait quelques pas avec moi sur le sable, puis elle s'est arrêtée et elle s'est retournée vers moi. Je n'arrivais pas à parler. Je n'arrivais pas à pleurer non plus. Elle était face à moi et elle me souriait. Tu as le même sourire que ta mère, Charlie, cela aussi je crois que c'est un miracle.

Elle a écarté de la main le voile qui descendait sur sa robe et, dans le creux de son bras replié contre sa poitrine, elle me l'a montré, oh mon Dieu, rien que de te le raconter encore une fois j'en ai des frissons, Charlie, dans son bras elle tenait un tout petit bébé, emmailloté dans un linge, avec un bonnet comme dans les maternités, c'était un nourrisson. C'était toi, Charlie. Et ta mère m'a confié le bébé. Elle l'a pris dans ses deux mains et elle me l'a tendu, et je n'ai rien pu faire d'autre que de le prendre dans mes bras à mon tour. Après quoi elle avait disparu. Tu comprends, Charlie, je ne sais pas ce que veulent dire les rêves mais je sais bien ce que j'ai vu et cela n'était pas un rêve, c'était un miracle.

Elle t'a confié à moi. Et puis elle est partie. Le lendemain matin il n'y avait plus que toi dans sa chambre, à la maison. Un tout petit bébé. Elle était partie Dieu sait où. Je l'ai attendue longtemps, et puis j'ai compris qu'elle ne reviendrait pas. Qu'il ne me restait que toi.

Oh, Charlie, je t'en supplie, ne fais pas les mêmes erreurs que ta mère. Tu es un homme, toi. Un petit garçon, et tu réussis bien à l'école.

Je vais te raconter une histoire.

Mon père venait du Sud. Je n'y suis jamais allée. C'est comme un autre pays, et c'était un autre temps. Même à cette époque-là – c'était avant la guerre, le Sud était déjà un autre pays et un autre temps. Nous étions pauvres. Mon père l'était – moi je suis née après, je suis née ici. Il n'en parlait pas beaucoup, du Sud, là-bas il était jeune et il travaillait à la saison, dans des fermes, des plantations de fruits, de coton, de tabac. Il disait que le tabac c'était le pire à récolter, parce qu'il fallait commencer par les branches les plus hautes qui avaient reçu le plus de soleil, et puis repasser sans cesse au fil des jours en descendant le long de la plante, cela durait des semaines. À la fin, au moment où ils étaient le plus fatigués, rompus, c'est là que le travail devenait le plus pénible, ils devaient se casser en deux pour récolter les feuilles basses qui avaient eu le temps de mûrir à leur tour. C'était une vie de voyage. Il se déplaçait comme ça, de ferme en ferme, l'hiver il faisait des travaux, des réparations, des clôtures, il ne gagnait presque rien. On le logeait dans une grange avec les autres saisonniers, ils avaient de la soupe et du pain, et quelques dollars par semaine qu'il fallait économiser jusqu'au dernier cent pour les jours sans travail. Parfois il se liait d'amitié avec un ou deux autres et ils faisaient un bout de route ensemble, mais ça ne durait jamais très longtemps.

Il y a eu de moins en moins d'ouvrage en dehors des récoltes. Lorsqu'ils arrivaient quelque part, on leur offrait la grange pour gîte pendant quelques jours, on leur donnait des choses à bricoler, et puis on leur disait qu'il n'y avait pas d'argent, qu'on ne pouvait pas leur offrir plus de travail et qu'il fallait repartir. C'était déjà la crise, dans ces années-là, la Grande Dépression. Il n'en parlait pas beaucoup, mon père. Ce n'était pas une vie, voilà ce qu'il disait de sa jeunesse.

Dans ce temps-là il y en a beaucoup comme lui qui sont venus ici pour prendre un boulot régulier à l'usine. C'est ici qu'il a rencontré ma mère et qu'il a enfin pu avoir une maison à lui. Une voiture, lui qui avait quasiment traversé les États-Unis à pied. On ne peut pas se rendre compte aujourd'hui, Charlie, de ce que ce fut cette époque après la guerre quand j'étais petite et que j'ai grandi ici.

Peut-être que c'était le Paradis.

Ton grand-père et moi nous avons grandi là-dedans. Je ne sais pas quelle a bien pu être la pomme, ni qui a voulu la croquer le premier. Qui a voulu un jour une plus grosse voiture, qui n'a plus supporté de respirer le même air que les autres. Vu d'ici pourtant nous étions si bien.

Est-ce que le Paradis c'est toujours ce qu'on a perdu ?

Oh Charlie, je vois bien que le monde n'est plus le même pour toi. Il avait déjà changé lorsque ta mère. Il avait déjà tellement changé alors.

Je sais bien que tu ne dors pas, Charlie. Tu peux continuer à faire semblant si tu veux, ça ne me dérange pas, moi je vais continuer à te raconter cette histoire. Le jour où les émeutes ont éclaté, nous l'avons appris par la radio. Nous avions acheté cette maison à la naissance de ta mère, un an plus tôt. Ce matin-là les bus marchaient encore quand ton grand-père est parti au travail. C'était très tôt le matin et les choses étaient en train de dégénérer sur la 12ᵉ Rue, aux informations ils parlaient d'une émeute de quartier, les gens s'étaient rassemblés pendant la nuit à cause d'une descente de la police dans un bar qui avait mal tourné, ils disaient que des jeunes dans la foule avaient commencé à briser des vitrines et incendier des magasins. Ils ne sont pas parvenus à rétablir l'ordre. Dans la journée on a pu voir la fumée des incendies et on a entendu des coups de feu. Il faisait chaud. Tout le monde était dehors, des rumeurs se sont mises à circuler.

On a dit qu'il y avait des morts, que la police avait ouvert le feu. On a dit que c'étaient les émeutiers qui avaient tué un policier. Que la 12ᵉ ressemblait au Vietnam. Qu'une femme avait brûlé dans sa boutique. On a dit que c'était en train de s'étendre, de gagner tout le centre-ville, et c'est vrai que dans l'après-midi il y a eu tellement de fumée qu'on ne voyait plus le soleil. Ce n'était pas si loin tu sais, à vol d'oiseau. On a dit que la police était totalement dépassée et que la garde nationale de l'État du Michigan avait été mobilisée. Ce n'étaient pas des policiers entraînés, juste des réservistes, des hommes à qui on avait donné un fusil. Ils tiraient dans la foule. On a dit que cette fois, c'était la guerre civile. Il n'y avait plus de voitures dans les rues et une voisine avait appris que les bus ne roulaient plus, ils avaient reçu l'ordre d'éviter la ville. Les ouvriers devraient se débrouiller entre eux pour rentrer des usines, ils s'entassaient sur les plateaux des pick-up et dans les voitures de ceux qui en avaient. C'est ce qu'on m'a raconté après, moi je n'avais aucune nouvelle de ton grand-père.

Je crois qu'ils l'ont laissé avec quelques autres lorsqu'ils n'ont plus pu avancer. Il cherchait à rentrer chez lui, chez nous tu comprends, mais il était à pied et il n'avait aucune idée de ce qui se passait. Il s'est retrouvé au mauvais endroit, il a été pris dans la foule. On n'a même jamais su d'où était venu le tir.

Ce sont deux amis à lui que je ne connaissais pas, des copains de l'usine, qui l'ont ramené dans la nuit. Ils ont dit que sans voiture, c'était impossible de le conduire à l'hôpital, alors ils l'avaient porté jusqu'ici, ils l'ont couché dans notre lit.

Ta mère était là, dans ta chambre, c'était un bébé et, pour une fois, elle ne pleurait pas. Peut-être qu'elle faisait semblant de dormir comme toi. Il est mort avant que l'ambulance arrive.

Et c'est alors que le monde a commencé à changer.

Charlie, mon petit, non, n'ouvre pas les yeux, c'est plus facile de te raconter ça quand je crois que tu dors. Tu voudrais que je te le dise, mais je ne sais pas à qui la faute. Il y a eu le Paradis et puis il y a eu la pomme, et je ne sais pas qui a décidé de la croquer le premier. Il y a eu un moment où l'on s'est détourné de Dieu, voilà ce que je crois. Il a fallu rêver d'une plus grosse voiture, d'une plus jolie maison, ou rêver de ne pas respirer le même air que tout le monde. C'était notre faute. Pas individuellement, mais ça nous est arrivé à nous, c'est comme ça. On n'a plus parlé la même langue, et c'est cela la guerre.

Ce qui me fait peur à présent lorsque je te regarde, Charlie, alors que je vois bien que tu fais des bêtises, je t'ai entendu rentrer tu sais, ce qui me fait peur alors que tu n'y es pour rien, toi, dans ce monde qui n'a plus rien à voir avec le mien, et même si ce fut notre faute à nous, ce qui me fait peur ce sont les paroles de Dieu, quand le peuple a suivi les idoles : « Tu ne te prosterneras point devant elles car moi, l'Éternel, ton Dieu, je suis un Dieu jaloux, qui punit l'iniquité des pères sur les enfants jusqu'à la troisième et la quatrième génération. »

Et c'est bien ce qui s'est passé pour ta mère.

Il faut que tu fasses attention, il faut que tu me promettes de faire attention à toi, Charlie, je ne peux pas te perdre.

Dors à présent.

L'Intégral

Ce qui était admirable dans le « système de Taylor » promu par l'Entreprise, c'était sa perfectibilité infinie. À la manière d'un exploit sportif sans cesse à améliorer, il y avait toujours un après. Le record établi n'était que le nouveau score à battre. Le système générait son propre espoir comme une machine à fabriquer du paradis à portée de main. Eugène, qui n'avait fait des études d'ingénieur que parce qu'il avait montré, jeune, quelques dispositions pour les mathématiques, aimait ce travail d'ajustement des variables qui se traduisait immanquablement par un gain, du fait de la symétrie magique des équations. Réduire le nombre d'étapes d'un processus, mécaniser un poste, augmenter une cadence, chaque effort se voyait récompensé. La marge de progression était une courbe sans fin.

Dans l'opinion commune on assimilait souvent cette rationalisation systématique du taylorisme à la seule division scientifique des tâches qui avait été son premier avatar historique. L'invention de la chaîne d'usine, à elle seule, justifiait en effet le titre de génie de son inspirateur. Pourtant la chose était loin de s'arrêter là. Les savants qui avaient poursuivi les travaux du maître, les Ford, les Toyoda avaient fait de la théorie de Taylor un système expert, semi-autonome, qui s'améliorait pour ainsi dire tout seul. De nos jours, c'était bien souvent les ouvriers eux-mêmes qui concouraient à l'augmentation de la productivité par des améliorations ingénieuses de leur outil. L'instauration des boîtes à idées mais aussi, dans les buildings à bureaux, des restaurants d'entreprise, des salles de sport, des crèches collectives, des comités joviaux et dynamiques proposant des places de spectacles et des billets pour des manifestations sportives, des clubs de hobbies, des bibliothèques, des marathons, des vacances tout compris, jusqu'à l'invention des « unités de vie » qu'Eugène avait détestées dans leur version chinoise, avait ouvert la voie d'un avenir où toutes les dimensions de la vie, enfin réconciliées, harmonieusement imbriquées autour du pilier central du travail, pouvaient s'épanouir au maximum de leurs possibilités. À l'horizon de cette vision rationnelle, tout n'était plus que synergies. Il n'y avait pas que le travail dans la vie, mais le système de Taylor avait réussi à intégrer ses autres aspects. Sur le papier, c'était admirable. « Le bonheur au bout de la route ! »

Il demeurait très peu de variables. Les « aléas de la vie » eux-mêmes n'étaient plus que des epsilon dans les équations de la direction des ressources humaines, parce que le système était si bien huilé que plus personne n'était irremplaçable. On pouvait changer de bureau, de service ou de N+1, être soudain missionné à l'autre bout du monde, Eugène était payé pour le savoir.

Bien que certains aient considéré ce dernier point du système de Taylor comme une possible source de critique, arguant qu'on perdait par là le sens du talent individuel ou, à tout le moins, du savoir-faire propre à chacun et issu d'une longue expérience, Eugène s'en portait finalement très bien. Son amour-propre dût-il en souffrir, il n'était pas intimement convaincu de détenir un talent particulier, et quoi qu'il en soit il était très content de ne pas être irremplaçable. En Chine par exemple, ils avaient fini par envoyer quelqu'un d'autre et c'était tant mieux, voilà ce qu'il en pensait.

Le système de Taylor, en les rationalisant, avait considérablement simplifié nos vies. C'était une révolution. Mieux, c'était la véritable Internationale. À l'Est comme à l'Ouest, partout sur la planète, le travailleur était devenu le genre humain.

La construction de l'Intégral, premier projet de ce type, était une sorte d'aboutissement du système de Taylor.

Ce serait une voiture totale. Ce qu'on appelait une plateforme. En fait, l'Intégral serait la plateforme ultime.

Le projet était à l'étude depuis des années évidemment, mais Eugène dirigeait l'équipe qui allait le finaliser. Une plateforme est une structure de véhicule, une sorte de matrice qui contient le dénominateur commun d'une série de voitures. Celle-ci devait pouvoir se décliner en une douzaine de modèles différents, du coupé au pick-up, serait produite en même temps sur trois continents, pour des dizaines de pays où elle prendrait des formes et des noms adaptés à tout un tas de spécifications culturelles préalablement décortiquées. Le cahier des charges et la description des options parfois contradictoires occupaient la mémoire de plusieurs ordinateurs. L'équipe d'Eugène rassemblait tous les périmètres techniques, le moteur, le châssis, l'habitacle, la carrosserie. Tout avait été analysé, calculé, toutes les données étaient là, le fruit d'un travail immense de l'Entreprise. Ne restait qu'à la construire. C'était le boulot d'Eugène et de son équipe.

L'Entreprise fournissait la logistique et la structure existante de l'usine qui n'avait pas servi depuis des années pour monter les premiers prototypes, juste en face du bureau, presque au pied de la tour. Il y avait des discussions assez houleuses avec les syndicats sur les conditions de réembauche, mais jusque-là c'était la partie de Patrick et, pour autant qu'Eugène pût en juger les rares fois où il débarquait au bureau, celui-ci gardait le sourire. Il parlait d'autre chose.

Le lancement de l'Intégral devait avoir lieu autour du nouvel an. Il s'agissait d'un prototype.

Naturellement, tout avait complètement merdé.

C'est difficile de se souvenir précisément du moment où l'Entreprise commença à les lâcher. Cela se produisit peu à peu sans doute, dès les premières semaines d'octobre. Peut-être que l'Entreprise n'avait jamais vraiment soutenu ce projet. La fréquence des appels et des « visios » s'était espacée. Certains se plaignaient de ne plus avoir de nouvelles de leur direction, en Europe. Ils recevaient des mails leur demandant de raccourcir les délais de mise en production du prototype, assortis de nouveaux tableaux colorés dont les colonnes de chiffres suivaient une tendance à la baisse. Plus l'Intégral apparaissait à Eugène comme le projet clé qui devait dessiner l'avenir de l'Entreprise, plus il devenait manifeste que celle-ci subissait quelques difficultés par ailleurs. Il arriva même que le N+1 d'une partie de l'équipe changeât sans qu'elle fût mise au courant. Ce fut le cas pour les Allemands dès la fin septembre : ils furent informés par un mail laconique de l'identité de leur nouveau chef, fraîchement débarqué d'un autre site vers le siège. Ils ne le connaissaient pas. Un peu partout sur la planète, l'Entreprise faisait face à une crise sans précédent, c'est ce que disaient les informations.

Cela démarra avec le froid.

Tout s'engourdit. Il y eut les premières grippes, les premiers arrêts de travail. Éric, un des Français qui était venu en famille, fit face à une véritable épidémie de gastro-entérite. Techniquement, Eugène était le chef d'équipe mais il n'était le N+1 de personne. Il n'avait aucun poids sur leur carrière, leur prochain poste, leur prochaine augmentation. Il est devenu difficile de motiver ceux qui commençaient à se sentir abandonnés de leur hiérarchie. Les trois Allemands du périmètre moteur se firent nerveux. Ils disaient, Notre connard de N+1 ne sait même pas ce qu'a fait son prédécesseur, c'est un parachutage politique. Il ne connaît pas les dossiers. Il ne sait même pas ce qu'on fait là, au juste.

Eugène savait bien que les Allemands n'étaient pas les seuls à se poser la question. En France, on annonçait plusieurs fortes grèves. Un « hiver social » suite au « gel des salaires » – la presse n'était jamais à court de formules. Heureusement, il n'y avait pas de syndicalistes dans son équipe.

Il réunit tout le monde et expliqua que la carrière et le travail étaient deux choses différentes, et qu'ils avaient ici un travail à accomplir. Il rappela que l'Intégral était un enjeu d'exception, le couronnement d'-années de développement qui allaient changer la manière de produire pour les décennies à venir. Il eut quelques accents lyriques sur le système de Taylor. Il n'hésita pas à prédire qu'on était à la veille d'une seconde ou d'une troisième révolution industrielle. Il disait : « *Il n'y a pas de dernière révolution, le nombre des révolutions est infini. La dernière, c'est pour les enfants : l'infini les effraie et il faut qu'ils dorment tranquillement la nuit.* » Il se sentait pousser du charisme comme s'il avait eu des ailes. Puis il invita tout le groupe à boire un coup.

Il les amena au Dive In où ils s'assirent à une table en salle, et tout le monde se détendit. Ce fut leur premier vendredi soir ensemble, et les choses rentrèrent momentanément dans l'ordre. L'Entreprise qui n'en sut jamais rien aurait été fière de lui. Ils burent et rirent joyeusement, ils parlèrent du pays, ils reprirent courage. Puis ils partirent, rentrèrent chez eux, les uns après les autres. Seul à sa table vide, Eugène se surprit à regarder du côté du comptoir. Sans même s'en rendre compte, il s'était mis à épier la serveuse, de loin, la fille au rire rouge dont il guettait les éclats miraculeux.

C'est cela, n'est-ce pas, être chez soi, se dit-il, c'est reconnaître des gens qu'on ne connaît pas vraiment.

On n'en est pas moins seul, mais on est chez soi.

Il y eut les premières chutes de neige aussi, dès la fin octobre, elles étaient le signe d'un hiver qui s'annonçait rude. Les températures étaient rapidement tombées en deçà de zéro – on parlait d'atteindre les moins quinze dès les premiers jours de décembre. Eugène alla acheter une parka multipoches à Windsor, dans une boutique de sport canadienne spécialisée dans les expéditions subarctiques et la chasse aux ours. Elle ne le quittait plus depuis.

Ils en étaient là au bout de quelques semaines au Treizième Bureau, alors que la chute de Detroit était bien entamée déjà. À la radio, les nouvelles économiques ressemblaient à la météo. Des banques d'investissement faisaient faillite. Dans leur sillage, toute une économie fondée sur le prêt semblait sur le point de s'écrouler. Les gens perdaient leur emploi, on voulait saisir leur maison, leur voiture. Personne ne comprenait ce qui se passait au juste. Dans les journaux populaires on commença à appeler cela la Catastrophe parce que c'en était une. Elle gagnait du terrain en ville et dans les cercles de l'Entreprise, mais ils pensèrent d'abord, comme l'avait suggéré Eugène, que cela n'affecterait pas leur travail.

Le travail est un divertissement puissant.

Les ordinateurs donnaient l'exemple, faisaient chauffer sans état d'âme leurs processeurs toute la journée.

Elle est folle, ma mère

Il dut y avoir un témoin, c'était inévitable. Detroit la nuit c'est comme un désert.
Vous pensez que c'est vide, le désert, tant
que vous avancez vous ne croisez absolument personne et puis vous vous arrêtez, et
au bout de dix minutes il y a quelqu'un qui
semble surgi de nulle part et qui s'approche
de vous, vous ne l'avez même pas vu arriver.
Detroit est comme ça la nuit. C'est à cause
de la Catastrophe. Il y a des silhouettes qui
se promènent dans les lieux abandonnés et
les allées sans éclairage, la plupart comme
des zombies à la démarche traînante. Il y
a des chiens errants qui trottinent la queue
basse à la recherche de nourriture, leurs
yeux brillent dans l'obscurité. Il dut y avoir
un témoin le matin qui suivit l'incendie,
lorsqu'ils rentrèrent avec de la cendre dans
les cheveux et leurs têtes de coupables, peut-
être que quelqu'un les avait vus balancer
dans le jardin en friche, au bout de la rue,

les deux bidons d'essence vides qu'ils avaient bêtement rapportés avec eux. Les nouvelles allaient vite, dans le quartier. Quelques jours plus tard un voisin vint frapper à la porte de la mère de Gros Bill.

Elle le reçut comme elle reçoit tous les hommes du quartier, en l'envoyant promener. Debout sur son porche dans une chemise de nuit dont les multiples voiles s'ouvraient sur sa poitrine roulante, comme des rideaux dans une vitrine de peep-show, à protester qu'elle ne voulait rien savoir. Comme si ses garçons ne lui donnaient pas assez de soucis sans que les autres s'en mêlent. D'ailleurs le voisin comprenait ça très bien. Il ne parla pas d'appeler la police ou ce genre de choses, de toute façon la police ne se serait sans doute pas déplacée. Il voulait l'avertir, entre parents, « parce que ces histoires de gamins on ne sait jamais où ça peut finir », c'est tout. Il haussa juste les épaules quand elle lui dit de s'occuper de ses affaires, et puis il partit.

Gros Bill était sur le sofa, devant la télé, il avait tout entendu et il souriait encore en pensant qu'il s'en était bien tiré, lorsque sa mère, après avoir claqué la porte, entra comme une furie dans la pièce. Elle fut sur lui en deux enjambées. Il n'eut même pas le temps d'arrêter de sourire avant la première baffe.

À voir son visage, ce ne fut que la première d'une très longue série.

Elle hurlait qu'elle aimait Dieu. Qu'elle le priait tous les jours pour que son garçon ne vire pas criminel ou traîne-savates comme ses grands frères. Et elle le frappait à s'en faire mal aux mains. Il essayait de se protéger et elle le cognait sur les bras, les poings fermés à présent, elle le secouait par les cheveux jusqu'à ce qu'il se soumette et elle le traîna par terre où elle continua à le bourrer de coups de pied, à en perdre ses pantoufles. Elle gueulait qu'elle avait toujours aimé Jésus et qu'elle ne comprenait pas ce qu'elle avait fait pour mériter ça, que Gros Bill était sans doute une sorte de malédiction, sa croix. Tout en continuant à frapper elle disait, Petit salopard de merdeux, je t'ai nourri, je t'ai élevé dans l'amour de Dieu, et toi qu'est-ce que tu me rends ? La honte de ta mère, voilà ce que tu es ! Mais je vais te montrer, moi, que je suis une femme respectable ! Et comme il se tortillait par terre elle se mit à le taper avec ce qui lui tombait sous la main, elle lui jeta à la tête la commande de la télévision, la bouteille de rhum qu'elle avait déjà bien descendue cette nuit, parce qu'elle était insomniaque depuis que son connard de mari était parti, sûrement par la faute de ses fils, elle lui balança encore le verre et un mug oublié là depuis des jours, et enfin le cendrier qui lui fit une belle entaille.

Elle chancelait en lui envoyant des coups de pied comme dans un sac, si fort que ça la faisait reculer, et elle revenait pour le suivant avec une sorte d'élan de haine, cela produisait des bruits sourds comme une chute, et plus Gros Bill pleurait et hurlait de douleur, plus elle cognait fort, jusqu'à ce qu'elle se prenne les pieds dans le couvre-lit qui était tombé du sofa avec son fils, qu'elle se rattrape de justesse en se laissant glisser sur le canapé et que, profitant de cette accalmie de quelques secondes, il ose enfin tourner vers elle son visage déjà tuméfié, ses yeux pleins de larmes et sa bouche tordue par la peur. Il n'arrivait plus à respirer et elle soufflait comme un bœuf.

Sans prévenir, aussi vite qu'elle s'était mise dans une rage folle, elle commença à pleurer doucement en se tenant la tête dans les mains.

Elle disait, Regarde dans quel état tu mets ta pauvre mère. Il recula en rampant. Elle disait, Jure-moi que tu ne recommenceras plus. Il tremblait encore de frayeur. Il avait mal. Il sentait du sang couler dans sa bouche. Elle disait, Pour l'amour de Jésus, viens faire un câlin à maman, allez, que je te pardonne. Un instant, il pensa aller l'embrasser, se réfugier dans ses bras, contre son immense poitrine. Elle ne le regardait pas, elle pleurait dans ses mains en reniflant bruyamment. Un instant, il pensa la tuer.

— Alors je suis parti. Je ne mettrai plus les pieds là-bas, Charlie. Elle est folle, ma mère. Merde, c'était pas méchant. Une maison abandonnée. Qu'est-ce qu'ils en ont à foutre, tous ?

Gros Bill était salement amoché. Sa lèvre inférieure fendue près de la commissure restait ouverte, bizarrement déformée, on aurait dit qu'il allait se mettre à baver comme un chien. Du même côté, son œil était poché. Il n'était pas jaune ou vert encore, simplement injecté de sang et gonflé comme un œuf. Il avait à l'épaule son sac du collège dans lequel il avait fourré à la hâte les objets auxquels il tenait le plus, comme le vieux lecteur de musique qu'il avait récupéré dans un vide-garage du quartier l'été dernier, son jeu de cartes – Bill prétendait qu'il savait jouer au poker –, et surtout son couteau multifonctions, une vraie trousse à outils dont le manche, peint en vert, évoquait le béret des forces spéciales, un truc qui permettrait de survivre dans les montagnes, disait-il, mais bien sûr aucun des gamins n'était jamais allé camper dans les montagnes.

Ils étaient consternés.

— Moi, je te suis si tu pars. Je connais peut-être un endroit.

C'est Strothers qui avait lâché ça. Il a allumé une des cigarettes un peu tordues qu'il récupérait auprès des voyous et a tiré deux ou trois fois dessus avant de la proposer à Gros Bill. Une sorte de pacte.

Tout le monde s'était arrêté de parler. Charlie en avait les yeux au bord des larmes. L'impression qu'on était en train de l'abandonner. Que tout le quartier foutait le camp, qu'il n'y avait plus de petite bande, plus de copains pour la vie. Il se sentait trop jeune, trop maigre, trop petit. Il s'en voulait, il s'en voulait tellement d'être incapable de les suivre, et il crevait d'envie de le faire. Il pensait à sa grand-mère.

Il faudrait qu'il trouve un moyen de la prévenir pour la rassurer.

La vie est belle

Au Dive In, tous les soirs, Candice règne sur son bar, la nuit lui appartient. Son rire éclate au milieu des cocktails au rhum, il ruisselle sur le cuivre du comptoir comme une bande de truites arc-en-ciel frétillant dans le lit d'une rivière dorée. Son rire est magique. Certainement Eugène n'est pas le seul, c'est ce qu'il se dit, il n'est pas le seul, parmi tous les hommes qui viennent là plus ou moins régulièrement prendre un verre en sortant du travail, à se laisser tenter par un deuxième ou un troisième, ou un avant-dernier pour la route, juste pour se donner une raison de la regarder dans les yeux. Candice est magique.

Mais elle ne les voit pas vraiment.

Lorsqu'elle débarque au bar, vers dix-sept heures comme tous les soirs, il y a de moins en moins de monde. Cela finit par se remplir, vers onze heures et plutôt en fin de semaine, mais ce n'était pas le cas avant, avant c'était toujours plein. On sent bien même ici, même à l'abri au sous-sol, dans l'été perpétuel du Dive, un vent froid qui s'est mis à souffler sur la ville et qui prépare un hiver rude, fige les sourires, disperse les gens. De vieux habitués manquent à l'appel. C'étaient les seuls qui l'appelaient par son prénom, Candice, lui racontaient de petits bouts de leur histoire et partageaient avec elle, sans arrière-pensée, un soir de joie ou de déprime, comme en famille, comme si le Dive était un petit quartier, leur communauté. Elle les cherche du regard en arrivant, en nettoyant les verres, en rangeant les bouteilles, elle jette un œil vers la porte d'entrée à chaque fois qu'elle s'ouvre et parfois, pendant la nuit, c'est comme si elle s'absentait alors qu'elle essuie le comptoir, son regard se perd dans la salle mais les visages connus, ceux d'avant, sont de moins en moins nombreux.

Les gens perdent leur boulot, déménagent, dans le meilleur des cas ils suivent leur entreprise. La plupart des vieux travaillaient dans l'automobile, et la plupart des jeunes dans l'immobilier. Alors le vent froid les emporte. La voiture et la maison. C'est tout le xxe siècle qui fiche le camp comme un courant d'air.

Et Candice essaie de se souvenir des noms. Mike, Cindy, Russel, Tyron le jardinier, Jenny et Sam le couple de fleuristes, et l'autre Mike. Elle était sortie un soir avec l'autre Mike, mais ça n'avait pas marché. N'empêche, il était revenu au bar. Il lui avait même présenté sa fiancée la semaine dernière. C'était une rousse de Chicago où ils partaient s'installer tous les deux – bonne chance, elle avait dit, et elle le pensait.

Candice était toujours belle mais elle ne pouvait plus tout à fait prétendre être jeune. La vie avait fini par imprimer sur son visage cette espèce de maigreur fatiguée des filles qui travaillent dur et qui fument trop. Cela lui donnait de la classe, dans la lumière verticale des plafonniers du bar, comme les actrices d'avant qui se faisaient retirer les molaires pour se creuser les joues, de la classe et plus encore de charme, parce qu'elle n'était pas actrice, juste serveuse au Dive In, et que ses traits légèrement tirés, ses épaules fines et droites, le rideau sombre qui lui tombait sur les yeux lorsqu'elle les fermait et le rouge outrageux de ses lèvres, ce n'étaient pas ceux d'un rôle. C'étaient son manque de sommeil et son appétit de vivre, c'étaient ses temps difficiles et ses espérances, il y avait eu d'autres hivers, d'autres printemps aussi, c'était sa vie.

Elle rit.

Elle s'est portée volontaire pour travailler au bar le soir de Thanksgiving – pas de famille en ville.

— Un jour, tu trouveras quelqu'un de bien, lui a dit Jack, le patron. Un chic type, comme dans ce film que tout le monde regarde à Noël, tu sais, un type qui décidera de rester en ville alors que tous les autres se barrent à cause de la crise.

— *La vie est belle*.

— Ouais, t'as raison, la vie est belle.

Candice observe la salle qui se remplit de gens et de bruit. Il y a des éclats de voix, des rires, quelques couples qui dansent. L'ivresse monte doucement, nappée de musique, comme un dessert sucré. Et parmi les visages qu'elle reconnaît encore, elle se demande qui restera, quel ange au cœur bien accroché aura le cran de demeurer jusqu'au bout, pour elle.

Elle n'a jamais beaucoup cru aux contes de Noël, mais elle fait comme si. Il le faut bien.

Et elle rit.

Huckleberry Finn

Charlie fourra dans son sac tout ce qu'il avait imaginé de plus utile pour survivre à quelques jours de cavale et d'aventures. Huckleberry Finn n'avait qu'un couteau pliant. Lui pensa à prendre deux tablettes de chocolat noir que sa grand-mère utilisait pour les cookies et autant de paquets de chewing-gums qu'il put en trouver dans sa chambre, les rouges à la cannelle, et puis sa lampe de poche, le pain qui restait de la veille, sa balle de base-ball fétiche, celle avec la signature de Cecil Fielder et l'année de sa naissance, 1995, quand Big Daddy avait frappé trente et un *home runs*, il pensa à emporter une boîte d'allumettes familiale et dut renoncer à une paire de baskets de rechange parce qu'il n'y avait plus assez de place dans son sac à dos de collégien. Il contempla les manuels de maths et d'histoire, les feuilles en vrac et les crayons éparpillés par terre avec un sourire satisfait. Tout cela ne servait décidément à rien.

Il prit tout de même un stylo et des feuilles, il fallait bien qu'il écrive un mot à sa grand-mère pour qu'elle ne s'inquiète pas – elle s'inquiétait toujours. Qu'elle n'aille pas appeler la police, ce serait pire que tout, Strothers avait bien insisté là-dessus. Charlie avait pensé à ce mot toute la journée, il avait tourné toutes sortes de formules dans sa tête pour que ça fasse – c'étaient les termes de Stro – « mâture et déterminé ». Il savait bien qu'il n'aurait pas pu lui dire en face.

Il évita d'y penser. Pendit à son cou le chronomètre sportif qu'il avait reçu comme premier prix d'une course de fond l'année de son entrée au collège. Il lui servait de montre et à établir toutes sortes de records. Toute la journée il mesurait le temps qu'il passait à faire les choses les plus insignifiantes, s'habiller – une minute et quarante-trois secondes –, descendre l'escalier quatre à quatre – quatre secondes et huit centièmes –, attendre le bus du collège – record de ponctualité vingt-six secondes depuis son arrivée au poteau jusqu'à l'arrêt du bus –, aller chez Gros Bill en courant et revenir – quatre minutes et douze secondes départ arrêté à la porte –, comme si de donner ainsi une vitesse à tous ces gestes, de calculer leur longueur de vie, cela leur conférait une espèce de profondeur.

Certains événements finissaient par entretenir des liens mystérieux. La sonnerie du collège avait précisément la même longueur que les feux orange de la ville – trois secondes. En revanche, la bouilloire ne mettait jamais exactement le même temps à faire chauffer l'eau.

Il était déjà un peu en retard quand, sur le point de partir, il se dit tout de même qu'il ne pourrait pas rester éternellement en tee-shirt, qu'il lui faudrait quelque chose de chaud pour la nuit. Il fouilla son placard. Il hésita en tirant le pull de son étagère. Il ne tenait pas à le mettre devant ses copains, ce pull, c'était bon pour quand il était à la maison avec sa grand-mère, quand plus personne ne sortait parce qu'il faisait moins quinze et que les rues étaient encombrées de neige. Il était en laine comme on faisait avant. Il était démesurément grand, lui arrivait presque aux genoux et les manches tire-bouchonnaient sur ses bras. Surtout il était rose, un vieux rose passé par les années, comme du papier-toilette qui aurait pris le soleil, c'était pas possible de s'afficher avec un pull rose trop grand, il ne serait jamais sorti avec, tout le monde se serait foutu de lui, il voyait d'ici la tête de Bill et de Stro – c'était vraiment la honte ce pull. Mais il était incroyablement chaud. Il l'avait pris dans l'armoire par réflexe. C'était le pull qu'il mettait dès qu'il arrivait à la maison, l'hiver, depuis des années, dès les premiers froids.

Ça faisait rire sa grand-mère et il savait bien que ça lui plaisait, à elle, qu'il le mette. Elle disait qu'il était son lapin, en se moquant. Elle se moquait mais, dans le fond, ce pull agissait entre eux comme une preuve de complicité secrète. C'était le pull de sa mère. Le seul de ses vêtements que sa grand-mère avait conservé, après. Il y avait une énorme broderie sur le devant, au fil noir, qui disait « Harley Davidson Motorcycles ». Il fallut forcer un peu pour qu'il tienne dans le sac. Cette fois, il était en retard.

Il déclencha le chronomètre, le glissa sous son tee-shirt.

Il s'élança dans la rue en courant, jeta sa planche de skate devant lui et sauta dessus, fila vers le point de rencontre que les deux autres lui avaient fixé en laissant derrière lui les maisons vides et les jardins abandonnés, enivré par sa propre vitesse, par le vent qui lui fouettait le visage dans cette fin d'après-midi de novembre où les nuages du nord s'amoncelaient au bord d'un ciel orangé, il fila en poussant de la jambe gauche plus vite que jamais, d'un mouvement sec frappant le sol, à peine le temps de relancer la planche comme s'il était sur le point de s'envoler, et c'est ce qu'il fit d'une certaine manière, en quittant ainsi la maison, descendant un peu plus bas à l'ouest vers le corridor de Packard trempé dans un soleil sanglant, il s'envola et disparut.

Administration « hip-hop »

Le Bureau du procureur était complètement dépassé par l'accumulation d'affaires
et de révélations concernant l'ancien maire
de la ville qui avait été contraint à la démission. Le meurtre d'une call-girl nommée
« Framboise » remontait à la surface d'une
manière inattendue. La rumeur dans la
rue prétendait qu'elle avait été assassinée
parce qu'elle avait été témoin d'une soirée
un peu folle, avec stripteaseuses, euphori-
sants et tout le gratin de la ville, au manoir
Manoogian – la résidence du maire. En fait,
il s'agissait sans doute d'un règlement de
comptes – la fille était aussi la petite amie
d'un dealer notoire qui s'était tiré de la fusillade par miracle, mais le maire avait eu peur
que l'enquête ne remonte à la partie fine.
Peut-être qu'il était soucieux de sa respecta-
bilité. Il avait limogé brutalement une série
d'officiers de police, y compris le chef des
affaires internes, ce qui n'était pas très malin

de sa part. Les puissants le sont rarement, en tout cas une fois qu'ils ont le pouvoir. Le procès qui avait suivi avait déversé dans la presse sans qu'il puisse plus l'arrêter une série d'écoutes édifiantes. S'y étalait, dans la vulgarité toute nue des SMS, la vie luxueuse et dissolue qu'il menait entre autres avec sa chef de cabinet, les manœuvres pour écarter les officiers de l'enquête, extorquer des fonds à la ville, signer des accords frauduleux avec des entreprises fantômes, favoriser les emplois fictifs et le népotisme, s'enrichir sur le dos de la municipalité et des citoyens. Les chefs d'accusation pleuvaient depuis ces révélations. Cela n'allait pas sans remous.

Même dans un univers de responsabilités aussi diluées que dans l'administration, et même si « le poisson pourrit toujours par la tête » – comme disait Mao qui s'y connaissait en administration –, l'affaire était tellement tentaculaire qu'elle supposait une armée de complices plus ou moins avertis et de petites mains plus ou moins aveugles. De nouvelles révélations éclaboussaient chaque jour un ancien collaborateur zélé ou un fonctionnaire indulgent. Comme dans toutes les crises de système, il devenait impossible de prévoir jusqu'où pouvait s'effondrer Detroit.

Une société entière, cela n'avait peut-être pas de fond.

Le lieutenant Brown se rendait au commissariat tous les matins dans une ambiance chaque jour plus pesante. Au moins, il n'était suspecté de rien. La bicoque à laquelle il s'était accroché dans Copper Canyon, la maison de son grand-père qui avait été policier comme lui à l'époque du Purple Gang, était le signe évident qu'il ne s'était jamais enrichi en faisant ce métier. On le raillait à cause de ses manières et de son accoutrement, son côté vieille école, on l'appelait « Marlowe » mais, en vérité, on l'observait avec un mélange contradictoire de respect et de pitié, tel qu'on n'en trouve que dans les milieux déclassés. Les flics, comme les pompiers, étaient les seuls à tenir encore les murs d'une cité en train de s'écrouler dans l'indifférence générale. Ils devaient bosser à présent dans la suspicion de leur hiérarchie.

Les affaires internes étaient sur les dents. Le shérif du comté de Wayne faisait figure de chevalier blanc. Même le FBI était entré dans la danse à l'hôtel de ville et enquêtait sur des cas de corruption dans l'attribution des marchés publics.

Pourtant il suffisait de regarder les locaux pour savoir que la plupart de ces hommes faisaient ce qu'ils pouvaient. Les ordinateurs de 2003 hoquetaient dangereusement chaque matin au réveil comme un vieux fumeur. Les bureaux étaient sales et vétustes, et ce n'était pas le pire.

Les dossiers, même les preuves, prenaient l'eau, atterrissaient dans des hangars mal entretenus, presque oubliés où l'on envoyait trois flics de temps en temps poser des bâches goudronnées sur le toit. La plupart des voitures de patrouille affichaient deux cent mille miles au compteur et n'étaient pas équipées d'ordinateurs tout-terrain permettant de faire les contrôles. Les audits des comptes du département de la police montraient que plus de cent véhicules avaient dépassé leur date de leasing depuis au moins six ans. L'oubli avait coûté huit millions, au bas mot. C'était ce genre d'incompétence qui avait enfoncé peu à peu la ville dans la faillite.

Brown comme les autres policiers s'était mis à compléter son équipement lui-même, blouson, gants, ampoules et piles de sa lampe torche. Des bottes, des bottes ils en achetaient tous. Il y avait tellement d'endroits en ville où l'on marchait sur des tessons de verre, des éclats de bois, des clous rouillés, tellement de bâtiments abandonnés, souvent d'usage industriel, où l'on ne savait même pas dans quoi on marchait. Il fallait de sacrées paires de bottes, avec des semelles en caoutchouc dur de deux centimètres, traitées contre les graisses et les solvants.

Il n'y avait guère que les armes dont la police ne manquait pas. Malheureusement, la population non plus.

Brown tenait son bureau à peu près rangé en face de celui du lieutenant Watts, une jeune armoire à glace qui sentait le parfum d'après-rasage et portait toujours des chemises repassées. Il habitait en banlieue. Une ordonnance autorisait depuis peu les policiers municipaux à habiter en dehors des limites de la ville, pour faciliter le recrutement. Malgré tout ils s'entendaient bien. Si l'on exceptait quelques vieux collègues qui le connaissaient depuis longtemps et respectaient chez Brown une certaine forme d'entêtement qui lui servait d'intuition, Watts était un des seuls, parmi la jeune garde, à entretenir avec lui des rapports amicaux. Il avait terminé l'école de police l'été dernier. Les jeunes officiers devaient faire des patrouilles, alors on avait demandé à Brown de l'accompagner.

Ils se retrouvaient le matin au commissariat et passaient une bonne partie de la journée à rouler ensemble dans une de ces caisses pourries dont on finissait par espérer qu'elles tombent en panne définitivement. Les rues vides se succédaient. Les dealers les voyaient venir de loin. Il ne se passait jamais rien.

Le central, en sous-effectif, était complètement dépassé. Les voitures n'étaient localisées que par radio, lorsque les équipages communiquaient eux-mêmes leur position. On aurait dit une vieille compagnie de taxis. On ne comptait que sur la chance.

Dans un effort désespéré pour continuer de maintenir un semblant d'ordre dans une cité qui tournait au Far West, on parlait à présent d'instaurer pour les patrouilles des rotations de douze heures. Il n'y avait plus que ça à faire, tourner, rouler, faire du flagrant délit.

— On m'a parlé de ton gars, ce Roberts, dit Watts.

— Max Roberts ?

— Je fais équipe avec un officier de la brigade des stupéfiants, un soir sur deux. Le lieutenant Mitchell. On patrouille à l'est de Woodward.

— Tu fais des heures de nuit en plus de ton job à la criminelle ?

— Les heures supplémentaires. Tu sais, ça met du beurre sur ton pain. Tant que je peux le faire, en attendant que Mary retrouve un boulot. Avec le déménagement et les gosses, cette année, ce n'est pas facile.

— Ne te justifie pas, Watts, je ne suis pas du syndicat. Je ferais la même chose si j'avais ton âge. Et Roberts ?

— Eh bien c'est ce lieutenant, Mitchell. Il en a entendu parler. Ils ont une enquête en cours, aux stups. Ils pensaient comme toi qu'il aurait mis les bouts après la fusillade, mais voilà qu'ils en entendent parler dans la rue, ils coincent des adolescents avec des nouvelles drogues, du *spice*, des trucs vraiment moches, et ils les cuisinent un peu avant de les déférer, et le nom du gars revient plusieurs fois. Il paraît qu'il aurait refait surface, mais ils n'arrivent pas à le situer pour l'instant.

— Et ceux qui bossaient pour lui, que des ados ?

— À ce que j'ai compris. Pourquoi ? C'est son truc ?

— Je ne sais pas. Une idée. Ça avance souvent comme ça, une enquête. Tu relies les petits points, tu plies selon les pointillés, ça finit par faire des motifs. Comme dans un roman.

Une tempête minuscule

Il y a plein de raisons d'en vouloir à son employeur, si ce n'est à son entreprise.

On peut se lasser, tout simplement. On dit « j'en ai fait le tour », comme si le travail n'était qu'un truc de hamster. C'est nous qui en avons fait notre cage, peut-être, mais on ne s'y supporte plus.

On peut ne pas s'entendre avec les collègues. Ou alors ce sont eux, avec nous. On est asocial, ou ils sont tous jaloux. Mais de quoi ?

On peut avoir l'impression qu'on n'est pas à sa place ou qu'on méritait mieux. Mais plus ça va, plus c'est trop tard.

On peut avoir un chef qui se comporte vraiment comme un con. Ça arrive. Le genre qui veut tout contrôler ou qui règne par la terreur. L'humiliation en réunion. Les arbitrages arbitraires. Les vexations. Le pouvoir. Il insulte sûrement ses gosses.

Ou alors c'est le métier qui est trop dur.

On peut y laisser sa santé. Ou sa famille.

On peut être un rebelle. C'est dur.

On peut souffrir d'anonymat. L'entreprise est trop grande, ou l'on est trop petit. On ne retient pas le nom des gens. On mange seul à la cantine. Déjà, à l'école, on passait souvent inaperçu.

On peut souffrir de manque de reconnaissance. Tous les petits garçons veulent être pompiers.

On peut souffrir de ne servir à rien. C'est le pire. Lorsque son travail n'a plus aucun sens. Quand on ne comprend plus à quoi ça sert, ce qu'on fait.

Les premiers mails d'Eugène demeurés sans réponse, envoyés à son N+1 en France, sont datés de début octobre. C'est à partir de ce moment aussi que les autres locaux commerciaux de la tour commencèrent à se vider. La compagnie d'assurances installée en face déménagea, ainsi que certains cabinets d'avocats, des cabinets d'expertise en tous genres, tandis que les médecins et la plupart des professions libérales tiraient la langue et parlaient de partir à leur tour. Les services se contentèrent de péricliter devant l'assèchement de la clientèle, les opticiens, les coiffeurs, la salle de sport du premier étage. Ils licenciaient du personnel, diminuaient leurs horaires, cherchaient à revendre leur bail. Puis ce fut le tour des fast-foods et des magasins qui avaient entamé leur déclin depuis l'été. Avant Noël, le Treizième Bureau serait la seule entreprise encore en activité dans la tour.

Eugène ne s'était pas formalisé de l'absence de réponse à ses mails. Il s'agissait de rapports intermédiaires sans véritable importance. Une dizaine de jours plus tard cependant, il insista, demanda une validation des travaux de réhabilitation qu'il comptait mettre en œuvre sur le site de l'usine en face de la tour, où devait avoir lieu d'ici quelques semaines le lancement du programme de construction de l'Intégral. L'usine était bien là, au seuil d'une immense prairie vide où personne n'avait jamais mis les pieds, mais elle n'avait pas servi depuis trop longtemps, c'était déjà une chance qu'elle n'ait pas été pillée. Il fallait engager des sommes qui n'étaient pas dans son budget de bureau d'études. Il ne doutait pas qu'on lui répondrait cette fois, il n'y avait aucune raison de douter. On l'avait envoyé là avec toute une équipe. Les salaires, les loyers, les voitures de fonction, les bureaux. Il fallait bien que le projet voie le jour.

Toujours rien.

La salle de visioconférence flambant neuve ne servit jusqu'à la fin du mois qu'à afficher le visage et le bureau de la secrétaire qui répondait inlassablement la même chose, les traits légèrement figés, la voix rendue plus aiguë et métallique qu'au naturel par le micro de son ordinateur. S'il n'y avait eu derrière elle, punaisés au mur, les affreux dessins de ses enfants, on aurait pu croire qu'elle avait été remplacée par une sorte d'élégant cyborg, encore un peu maladroit.

« Monsieur N+1 est absent du bureau. Monsieur N+1 est en réunion cet après-midi. Il vous rappellera. Je n'y peux rien, N+1 est en rendez-vous. Désolé, il a déplacé votre rendez-vous à après-demain. Monsieur N+1 n'est pas disponible pour l'instant. Je n'y peux rien. Il mange. Il est en déplacement, oui, pas avant lundi. Monsieur N+1 a des affaires urgentes à traiter. Il reçoit des clients. Il est en visite chez un fournisseur. Bien sûr que je lui ai transmis votre mail. Je n'y peux rien, il ne m'en a pas parlé. La réunion s'est éternisée, rappelez plus tard. Monsieur N+1 vous répondra en temps utile. Il est en Allemagne. Il est sur le site italien, il rentrera demain. Monsieur N+1 m'a demandé de vous dire que tout allait très bien, faites pour le mieux. Il vous prie de voir ça avec les Américains. Je n'y peux rien. Je n'y peux rien. »

Lorsqu'on passe ses journées à travailler, c'est très difficile de lâcher prise.

Ce n'était pas le genre d'Eugène. Il se tourna vers les Américains. Au dîner organisé par Patrick, ils se montrèrent conviviaux et encourageants. C'était déjà ça de pris : un peu de chaleur humaine. Chacun dépiautait ses écrevisses géantes avec des bruits de craquements suintants et de succion gourmande. On s'essuyait le coin des lèvres barbouillées de crème rose et de cervelle de crustacé, avant de les plonger dans un vin blanc californien sec et fruité, on riait à pleines dents, on parlait de plus en plus fort.

On aurait dit un dîner de copains d'avant. Patrick portait une chemise hawaïenne rouge aux manches courtes osées pour la saison. Il gesticulait et portait des toasts truffés de jurons, c'était sa façon de se montrer solidaire. D'ailleurs il l'était sans doute : si l'Entreprise abandonnait Eugène et son équipe, c'est que sa mission à lui aussi était une blague. Les quelques vice-chefs présents autour de la table semblaient partager son scepticisme vis-à-vis de la politique de l'Entreprise. On présenta à Eugène un certain Zimmerman, à présent à la retraite. Celui-ci en savait plus long sur les travaux de rénovation de l'usine. Plus exactement, il connaissait bien l'origine de l'affaire. C'était il y a des années de cela, la municipalité menaçait de récupérer le terrain cadastré D-503 et l'Entreprise avait négocié alors un bail avantageux pour y développer un projet industriel. Il n'était pas question de le perdre. On l'avait chargé de trouver une solution. De construire quelque chose d'ambitieux. N'importe quoi.

— Tant que ça ne coûte pas plus que votre salaire, Zimmerman, c'est ce qu'ils m'ont dit. J'ai travaillé là-dessus pendant deux ans. On a gardé le terrain. Une usine de pneus désaffectée, une école à l'abandon, un quartier à raser. Aujourd'hui c'est ce qu'on appelle la Zone. Et à la fin, lorsque je leur ai présenté le projet, c'est à peine s'ils ne m'ont pas engueulé. Les usines, ils étaient en train de les fermer. Le projet D-503 c'était un emmerdement pour eux, parce que maintenant il fallait en faire quelque chose, lancer des programmes, les inventer, les faire fonctionner. Votre « Intégral », par exemple, c'est arrivé à pic, on peut le dire. Mais je ne parierais pas qu'ils vont mettre un dollar dedans. Comme je vois les choses, il leur fallait un bernard-l'ermite pour habiter leur coquille vide.

Ce fut comme un coup de massue pour Eugène.

Dehors, la ville s'enfonçait dans une nuit sans fin. Les lampadaires, dans les rues, étaient éteints. On les avait installés deux semaines plus tôt dans un effort de reconquête, aidé par des subventions fédérales, mais, pour des raisons de maintenance du réseau électrique, une trappe aménagée dans la chaussée tous les cent mètres avait permis aux pilleurs de cuivre de faire leur besogne. Seul le parking du restaurant, un terrain vague grillagé à la hâte et gardé par des maîtres-chiens, brillait dans les feux des projecteurs orange accrochés à la façade du bâtiment.

Il se mit à neiger.

Tout doucement. Des flocons légers, hésitants, qui planaient plus qu'ils ne tombaient, c'étaient des flocons espiègles, dansants, ils virevoltaient dans le moindre souffle et reprenaient même parfois de la hauteur, glissant dans l'air et tournoyant dans les projecteurs comme des insectes éblouis, scintillant un instant avant de disparaître. Ils étaient les éclaireurs en paillettes de l'armée des grands froids, n'eurent même pas le temps de toucher le sol.

Eugène les contemplait comme un nuage de fées qui seraient venues lui annoncer quelque chose. Il aurait voulu les suivre dans leur course désordonnée mais il les perdait sans cesse de vue à mesure que des tourbillons naissaient et s'évanouissaient dans le vent. Quand il croyait en tenir un, c'était toujours le flocon suivant qui s'accrochait en brillant à son regard.

Patrick était ivre. Ses joues avaient pris la couleur des écrevisses et de sa chemise à fleurs de tiaré. Il jura qu'il allait prendre les choses en main. Qu'on allait « baiser ces enfoirés », sans préciser de qui il s'agissait exactement. Il dit cela en levant son verre pour la douzième ou treizième fois de la soirée et tout le monde le suivit, excepté Eugène qui avait l'œil rivé sur la fenêtre.

— Il neige, répondit-il simplement, et tous, stupéfaits, se tournèrent en silence vers la tempête minuscule.

L'île au trésor

Strothers n'était pas à l'aise avec l'idée que Charlie les accompagne. Trop jeune, trop gentil, trop couvé par sa grand-mère qui serait assurément une source de problèmes, Charlie trouvait même le moyen d'être le meilleur à l'école, alors qu'ils avaient deux ans de plus que lui. Il aidait souvent Bill pour les devoirs de maths, ce qui fait que Gros était plus indulgent. Il aimait bien Charlie. Il cultivait l'impression de l'avoir pris sous son aile au collège, d'être le protecteur d'un gamin plus malin que lui, ce dont il éprouvait une certaine fierté. Strothers ne partageait pas ce sentiment, il n'en avait vraiment rien à faire du collège, il avait déjà une autre vie. Il faisait partie de ceux qui surnommaient Charlie Skinny, pour lui rappeler sa petite taille et son absence de pectoraux. En fait, il faisait partie de ceux qui auraient volontiers persécuté Charlie si Gros Bill n'avait pas été là. D'une certaine manière, le trio marchait bien comme ça.

C'est Stro qui avait fixé le rendez-vous, à l'entrée du corridor de Packard.

C'est ainsi qu'ils appelaient le dédale de friches que constituaient les anciennes chaînes de montage de la marque, un réseau de ruelles encaissées dans les ruines de l'usine, serpentant entre des bâtiments de cinq étages reliés entre eux, au niveau du deuxième et du quatrième étage, par des passerelles couvertes menaçant de s'effondrer. À l'intérieur, les bâtiments étaient totalement défoncés et, curieusement, ils n'étaient pas vides alors qu'ils avaient été pillés autant qu'on peut l'être, dépouillés de leurs cadres de fenêtres en fer, de leurs machines cassées, de leurs plaques de tôles froissées et de leurs fils électriques en cuivre, jusqu'à leurs derniers écrous. Mais il restait toujours quelque chose de suffisamment rouillé pour que personne ne daigne l'emporter, des machines ou des radiateurs en fonte suffisamment lourds pour que personne ne parvienne à les soulever. Il restait tout ce que les squatteurs avaient apporté avec eux : des déchets en tous genres, des braseros et des bouteilles, des blousons pourrissant comme des tas d'algues mortes, des milliers de sacs en plastique qui hantaient les salles gigantesques en se déplaçant doucement au gré du vent, petits fantômes ridicules et sales. Certains coins avaient servi de décharge. On y trouvait des voitures désossées, un bateau cassé en deux. Les vestiges des bâtiments eux-mêmes n'en finissaient pas de tomber en ruine morceau par morceau. Le béton des parpaings, le ciment des sols éclataient sous l'effet de l'eau et du gel, se désagrégeant en gravillons de sable mangé de salpêtre, friables sous la main, formant des monticules de poussière terreuse. Les plinthes métalliques, les poutres de fonte, les tiges d'acier tressé qui sortaient des murs et des plafonds décharnés se tordaient sous la rouille, se boursouflaient et gonflaient, faisaient à leur tour éclater le ciment ou le bois autour d'eux, et des planchers entiers ou des bouts de toiture s'effondraient parfois soudain sans prévenir.

À ce stade, la végétation était en train de terminer le travail. Elle n'était pas pressée non plus, pas plus que la rouille ou le gel. Les graines, apportées par le vent, colonisaient chaque interstice, chaque fissure, poussaient en grandes touffes d'herbe de la prairie dont les racines en rhizomes créaient de nouvelles galeries de sapeurs. Elles resurgissaient plus loin et la fissure filait comme une faille. Les arbustes étaient plus brutaux, ils se contentaient de forer, de grossir, d'écarter les brèches. Certains s'étaient révélés être des arbres, et les arbres sont hauts dans le nord.

Ils avaient fini par crever des plafonds aussi facilement que s'ils avaient été en papier, et leur feuillage s'élevait au-dessus des débris de l'usine par endroits.

C'était un spectacle fascinant mais c'était un endroit dangereux, pas un endroit pour des enfants. En fin d'après-midi, le corridor de Packard était le terrain de jeux des bandes de graffeurs. Certains venaient à Detroit de loin pour concourir à cette drôle de rénovation urbaine qui n'entendait rien réparer, juste décorer les ruines en quelque sorte. Des murs entiers se couvraient de pseudonymes indéchiffrables et d'invectives, mais aussi de fresques à la ligne claire, dans la tradition des *murales* mexicains aux couleurs saturées, ainsi que de mots d'ordre ou de signatures géantes à la calligraphie alambiquée, décorée de flammes et d'éclairs dans la tradition du tatouage et de la peinture sur carrosserie.

Un petit groupe palabrait avec Bill et Stro lorsque Charlie arriva. Ils venaient d'achever sur la façade d'un entrepôt le dessin d'une tête d'homme, vue d'au-dessus, crâne ouvert laissant voir un labyrinthe dans lequel le même homme lisait un livre. Au départ, un truc sur l'enfermement, les idéologies, la pensée unique, blablabla. Ils n'étaient pas tombés d'accord sur le titre du livre, alors ils n'avaient rien marqué sur sa couverture. Du coup, le type dans son labyrinthe avait plutôt l'air de passer du bon temps avec son bouquin. Les graffeurs avaient décidé de changer de message : « C'est bon d'être fou », avaient-ils écrit en légende au-dessous du dessin, et leur symbole de l'enfermement était devenu celui de l'évasion. Ils rigolaient en racontant ça, ils étaient vraiment contents d'eux, et aussi d'avoir fini avant la nuit.

C'étaient des types qui avaient au moins vingt et un ans, et certains étaient beaucoup plus vieux que ça, avec des cheveux longs et de la barbe et des foulards comme les gars qu'on voit traverser la ville à moto, ça se remarquait malgré leur look de graffeur – baskets, treillis à poches plaquées, sweat à capuche, le tout constellé de galaxies minuscules de toutes les couleurs. Ils parlaient comme des vieux.

— Le coin n'est pas sûr, la nuit, ça craint.

— Il y a des squatteurs dans l'usine. On ne les remarque pas parce qu'ils ne restent pas au niveau de la rue, ils s'installent dans les salles accessibles du premier étage.

— Au niveau de la rue, la nuit, il y a des animaux.

— Des blaireaux.

— Des chauves-souris.

— Des rats.

— Des coyotes.

— Il y a un gang aussi. On a eu affaire à eux une fois.

— On a eu de la chance parce qu'on ne les intéressait pas, et puis on n'avait rien sur nous.

— C'est dangereux ici.

— Nous, on va un peu plus au nord.

— Le graf qu'on vient de faire aujourd'hui, c'est un hommage à un graffeur qui s'est fait descendre la semaine dernière.

— Bonne chance, les gars.

La bande d'artistes repartit vers la ville et Strothers suivi des deux autres prit la direction du nord, comme il l'avait dit. Les gamins s'enfoncèrent dans l'usine.

Un peu plus loin il y avait une ancienne voie ferrée qui avait servi à apporter l'acier ou à faire repartir les voitures une fois construites. Elle sortait directement des entrepôts et serpentait pendant quelques kilomètres, plongeant sous les voies rapides dans des tunnels qu'ils se dépêchaient de traverser, longeant d'autres usines encore grillagées, quoique visiblement désaffectées. C'était là qu'Eugène était censé mettre en production l'Intégral, ce qui avait de moins en moins de chances d'arriver. On voyait la tour, de l'autre côté des bâtiments industriels, où le Treizième Bureau était presque le seul étage éclairé. Ils étaient parvenus au bord de la Zone. Les rails se perdaient ensuite dans les broussailles, et ils s'arrêtèrent.

Devant eux, soudain, il n'y avait plus rien. Une prairie dont on ne voyait pas le bout, plantée d'arbres et de quelques haies qui tenaient bon, autour de bâtiments effondrés. Le corridor de Packard débouchait dans une zone de friches tellement abandonnée qu'on aurait dit qu'on n'était plus en ville. Personne ne devait jamais venir ici. Il n'y avait rien.

— C'est par là, dit Strothers en montrant une petite colline au loin, une sorte de monticule où l'on distinguait les morceaux d'un bâtiment effondré. Il dit ça comme s'il savait où il allait, comme s'il connaissait l'endroit.

Ils suivirent les rails disparaissant dans l'herbe haute qui leur arrivait au-dessus de la taille. S'enfoncèrent dans la Zone comme vers une île au trésor oubliée, au milieu de la ville.

Vers la frontière

Elle conduisait et elle ne savait pas où elle allait, elle filait, poursuivie par une peur obscure comme la ville, une peur silencieuse et sauvage qui la tenaillait depuis qu'elle avait lu le mot de Charlie posé sur la table de la cuisine.

Elle avait sillonné le quartier de long en large, n'avait croisé que des traînards isolés et des têtes à crack. Plus tôt dans la soirée, les voisins lui avaient dit de ne pas s'inquiéter, de rentrer chez elle, qu'ils lui téléphoneraient s'ils apercevaient Charlie, qu'il était certainement en train de s'amuser quelque part avec sa petite bande, qu'il ne leur arriverait rien ici, que c'étaient des gamins du quartier. Le beau-père de Strothers n'avait pas l'air de s'en faire, il se contentait de promettre une bonne rouste à celui qui réapparaîtrait le premier. De la mère de Bill, Georgia n'obtint que des hoquets hagards en chemise de nuit.

Ritchie et Bo étaient chez eux et ils juraient qu'ils ne savaient rien. Leurs parents respectifs parlaient de déménager, les premiers parce que le chômage prolongé ne leur permettait plus de payer le loyer, et les seconds parce que le nouveau travail du père de Bo leur ouvrait les portes de la banlieue. Ils n'avaient à offrir qu'une sollicitude gênée. Ils étaient à la recherche d'un « meilleur voisinage » pour les gosses.

— Je ne dis pas ça pour vous évidemment, Georgia, vous faites ce que vous pouvez avec Charlie. Mais ici ça devient trop difficile.

Ce n'était pas assez de mourir d'inquiétude, il fallait encore encaisser la honte et les vacheries de la bonne conscience.

Georgia était un des piliers du quartier. Elle avait accueilli la plupart de ces familles qui s'en allaient à présent à la première occasion et, bien que cela la fît souffrir de constater à quel point le quartier, *son* quartier, se mourait inexorablement, elle pouvait les comprendre. La rue s'élimait tel un tissu qu'on ne parvenait plus à repriser. Les maisons ne se vendaient pas. C'était incompréhensible, pour Georgia, la crise du système bancaire, les *subprimes*, la titrisation des dettes, ça ne voulait rien dire, mais elle en voyait le résultat tous les jours. Elle appelait ça la Catastrophe, comme beaucoup de gens par ici. Avec la Catastrophe, les maisons ne valaient presque plus rien. Les gens qui partaient finissaient par les abandonner purement et simplement, et c'était à chaque fois un nouveau trou dans la trame du quartier, qui menaçait de filer comme un bas. Il s'effilochait. Il partait en lambeaux. Ça n'avait pas toujours été comme ça. Georgia pouvait se souvenir avec précision de l'emplacement des maisons et des commerces.

Il y avait eu des épiceries et des *diners*, des magasins de vêtements, des coiffeurs et même un fleuriste, il y avait eu des primeurs, des salons de manucure minuscules et une pharmacie, deux écoles et une grande église presbytérienne en brique, elle est toujours debout sur le boulevard mais il n'y a plus de pasteur, plus d'offices. Comment leur en vouloir, de partir ? Et en même temps, comment voulez-vous que ça s'arrange s'ils partent tous ?

Et Charlie qui grandissait là-dedans, Charlie et ses douze ans qui avait laissé sur la table ce mot incompréhensible – *Je pars avec Bill et Strothers pour quelque temps sans doute, Bill a eu des ennuis mais tu n'as pas besoin de t'inquiéter, je reviendrai mamy, je vais bien –*, mon Dieu Charlie, tu es si petit !

Bo avait eu cette réaction lorsqu'elle avait mentionné la lettre, il avait baissé la tête en disant qu'il ne savait pas de quoi il s'agissait. Sa mère avait coupé court.

— Sûrement un de ces trucs de gosses, il ne faut pas vous inquiéter Georgia, puisqu'il vous dit que tout va bien. Je suis sûre que Charlie sera de retour ce soir, dès qu'il fera nuit.

Sans doute n'était-elle pas au courant, sans doute ne mentait-elle pas.

— Strothers est une graine de voyou, comme ses frères, mais Bill, le pauvre Bill n'a pas la vie facile avec sa mère. Vous savez, c'est aussi pour ça que nous déménageons. Je ne veux plus que Bo traîne avec eux.

Puis elle rajouta quelque chose comme :

— Je ne parle pas de Charlie, bien sûr.

Bien sûr. C'était plus fort qu'elle.

Il y a des gens qui pensent que ça n'arrive qu'aux autres. Que Dieu ou leurs principes ou leur travail à l'usine les protège. Ils passent leur vie à donner des leçons.

Bo gardait les yeux baissés sur ses baskets et Georgia était partie.

Elle se contentait de rouler, elle était sortie du quartier et s'était enfoncée en ville où les traînards aux allures de zombies étaient de plus en plus nombreux, elle avait continué même lorsqu'il était devenu évident que cela ne servirait à rien. Mais ça l'empêchait de penser, si bien que cette angoisse qui se tapissait dans sa nuque, qu'elle n'avait aucune envie d'interroger – où es-tu ? –, ni de savoir ni de comprendre de quel fond elle provenait, lorsqu'elle remontait aux feux rouges où elle s'arrêtait, le souffle coupé quelques secondes, le temps de reprendre le contrôle, comme quelqu'un qui se noie, cette peur – qu'as-tu fait Charlie, oh, Charlie tu es bien trop jeune et tu ne sais pas tous les dangers de la ville –, cette saloperie de peur aveugle elle ne voulait pas et elle n'aurait pas pu savoir de toute façon si c'était au sujet de Charlie ou de sa fille qu'elle avait déjà perdue, puisque l'un n'allait pas sans l'autre.

Elle obliqua sur Gratiot Avenue quasiment déserte à cette heure. Aucun commerce n'ouvrait plus la nuit, à part les restaurants et les bars bien sûr, ceux qui tenaient encore le coup et qui avaient en général embauché des vigiles avec des connections dans les gangs locaux. De Mack à Van Dyke, en centre-ville, quelques boutiques de plombier ou de coiffeur étaient encore debout au milieu de petits ensembles commerciaux d'un étage où l'on trouvait aussi des fringues chinoises, des accessoires auto, des Liquors and Wines et des parapharmacies remplies de rayons de shampoings. Tout cela alternait avec des immeubles murés entièrement recouverts de graffitis plus ou moins lisibles. La Catastrophe grossissait comme une tempête qui se prépare, elle gagnait toute la ville.

Les rues et les allées qui partaient de Gratiot Avenue, en diagonale, n'étaient que des entrées de cavernes sans fond, ouvertes sur la nuit. Parfois l'enseigne d'un commerce, les lumières de fenêtres lointaines ou les phares d'une voiture filant dans l'obscurité faisaient l'effet d'un feu dans le désert, bivouac éphémère qui ne laisserait au matin qu'une trace de vie incertaine. Aux croisements où la pluie était plus difficile à drainer, la chaussée commençait à se craqueler et à se fendre. À mesure qu'elle remontait l'avenue il y avait de plus en plus de trous dans la route et dans le paysage. Des pharmacies, encore des Liquors, quelques Family Dollar, des stations-service, et puis plus rien. Des chiens efflanqués traversaient parfois dans la lumière de ses phares.

Gratiot filait vers le nord-est et c'est là qu'elle alla d'abord, franchissant l'une après l'autre les radiales qui encerclaient le ghetto, mile après mile : l'Interstate 94, l'Outer Driveway East, Houston Road qui était la limite des six miles, elle roulait vers là-bas, Seven Miles Road, Eight Miles Road, vers la frontière, au-delà elle savait à peine ce qu'il y avait. Un autre territoire qu'elle connaissait mal, avec ses pâtés de maisons soudain proprets et plus loin encore, après Eastpointe où l'on croise l'Interstate 96, à partir de Twelve, Thirteen Miles Road, Roseville et son église de Bethléem, son centre de centres commerciaux, une sorte de banlieue étrangement pavillonnaire, habitée, une autre ville prise dans le tissu urbain continu de Detroit mais qui n'avait plus rien à voir avec elle, une autre ville loin de la Catastrophe. Avec des écoles, des casernes de pompiers, des rues éclairées la nuit. Trois voitures par maison, des stades de base-ball et des terrains de golf. Georgia était stupéfaite. Elle continua de rouler.

Il était évident qu'elle n'allait pas retrouver Charlie aussi loin, et c'était peut-être idiot de ne pas être à la maison s'il rentrait finalement au petit matin, comme la dernière fois, à la veille d'Halloween, mais elle ne réfléchissait pas à tout ça, elle cherchait un relâchement qui vint peu à peu en dépassant la limite métropolitaine, autour de Sixteen Miles Road, dans une ville dont elle ignorait le nom et qui bizarrement ressemblait de plus en plus à une ville, à mesure qu'elle s'éloignait. Mais ce n'était pas si facile. La numérotation implacable des rues, tous les miles, rappelait le centre absent de Detroit. La petite galaxie urbaine des comtés de Wayne et Macomb tournait autour d'un trou noir.

À vingt et un miles pourtant elle entra dans Chesterfield au nom de cigarettes et poursuivit sa route.

À vingt-cinq miles soudain ce fut la campagne. La nuit nue. Les silhouettes des pins, les étoiles.

À trente et un miles, Gratiot obliquait à l'est. Elle s'arrêta au bout du monde, face à l'hiver. Port-Huron, on ne pouvait pas aller plus loin. Le Blue Water Bridge illuminé se reflétait dans l'eau de la rivière.

« Bienvenue au Michigan, Grands Lacs, grands moments ! » Bon Dieu ! C'était une vraie carte postale, cette ville. Georgia se gara sur le parking de la marina, près du vieux phare. Il y avait des centaines de bateaux de plaisance. La baie s'écartait doucement en collines boisées, autour de l'eau. Il y avait une plage et d'abord elle ne la reconnut pas. De fait, elle n'était jamais venue ici. Elle s'assit sur le sable et plongea son regard dans la nuit. Elle avait froid. L'air était plein d'odeurs dont elle n'avait pas l'habitude. Une odeur d'algues et d'eau. Le silence. La lune se brisait en millions d'éclats sur le lac. Le ciel était immense. On n'entendait qu'un clapotis de vaguelettes contre les quais, contre les coques, et le cri lointain parfois d'un oiseau. Il y avait donc un monde après la Catastrophe, peut-être un monde sans nous. Peut-être que nous étions la Catastrophe. C'était un monde où elle se sentait bien mais qui la laissait seule, un monde où elle n'avait pas sa place, où elle n'aurait pas su où aller. Il faudrait être un oiseau pour se tirer de là, se dit-elle. Il n'y a guère que les grues blanches d'Amérique et les oies des neiges qui passent tous les ans au-dessus des Grands Lacs en sachant où elles vont. Et puis elle reconnut les arbres. Les grands pins de son rêve dont l'ombre se détachait, plus noire que le noir de la nuit, et elle sut ce qui l'avait amenée ici.

Elle refusa de pleurer, même si elle sentait bien que ça coulait à l'intérieur comme le long d'une fissure.

Dehors, quelque part en ville, il y avait Charlie. Il était si jeune. Il avait encore besoin d'elle.

La part du miracle

C'était en novembre, au Dive In. Eugène avait pris l'habitude d'aller y boire un verre le soir, parfois même il mangeait là. Il s'asseyait si possible au comptoir du bar, où il pouvait échanger quelques phrases avec la serveuse au moment de commander. Il n'en demandait pas plus, surtout si c'était Candice. La fille au rire brillant et rouge était sa principale raison de revenir, à vrai dire.

C'était un mardi soir, c'est facile, le premier mardi de novembre, Eugène s'en souvient bien parce que ce jour-là soudain il était devenu évident que l'Entreprise allait les lâcher. Le dîner de Patrick n'avait rien donné. Une semaine plus tard, les discussions à propos de la réouverture de l'usine s'étaient envenimées pour de bon. Il faut dire qu'on avait prévu une marge de négociation très étroite. On proposait de réembaucher à la moitié du précédent salaire horaire. Vu du siège, le chômage chronique en ville établissait une situation de rapports de forces évidente. L'Entreprise allait mal. Au fil des précédentes vagues de licenciements, elle avait fini par compter dans sa masse salariale deux fois plus de retraités que d'actifs, ce qui ressemblait à une aberration économique. Cependant, les chômeurs eux-mêmes avaient leurs propres problèmes. Les fonds d'investissement s'effondraient les uns après les autres, aspirés dans l'œil du cyclone de la crise. En grossissant, celle-ci prenait l'allure d'une tornade bien réelle, avalant les maisons, réclamant leur remboursement avec deux ans d'avance à des gens qui, évidemment, n'en avaient pas les moyens – sinon ils n'auraient pas emprunté. Les maisons saisies, vidées de leurs mauvais payeurs, dévalorisaient des quartiers dépeuplés et celles qui restaient voyaient ainsi leur valeur chuter bien en dessous de celle du prêt qu'elles avaient nécessité, si bien que peu à peu ce fut une fuite généralisée, une débâcle. Le paysage des quartiers désertés se mit à ressembler à ceux des villes dévastées du couloir des tempêtes. Sans la montée des eaux et les aides fédérales, les mesures de relogement d'urgence et la compassion qui échoit d'ordinaire aux victimes de cataclysmes. Mais contrairement aux attentes de l'Entreprise, le désespoir finit par braquer les chômeurs qui avaient l'impression d'être punis deux fois. Les négociations s'enlisaient. Ce jour-là, on tomba de Charybde en Scylla.

Ce genre de mauvaise nouvelle passe toujours par Patrick. Il débarque au Treizième Bureau à l'improviste, peut-être pour ne pas avoir à s'expliquer par mail, peut-être pour ne pas laisser de trace officielle de son impuissance à résoudre un problème qui, c'est vrai, dépasse largement le cadre de ses compétences. Peut-être qu'il a, comme on dit en France, le cul entre deux chaises. Peut-être qu'il est sincère et qu'il n'y arrive pas. Ou peut-être qu'il s'en fout totalement et que ses efforts pour le cacher finissent par le miner. Il y a des gens comme ça, qui sont capables de s'esquinter la santé à faire semblant de travailler, beaucoup plus sûrement que s'ils travaillaient vraiment. Patrick commence à montrer des signes de fatigue, son corps le trahit. Il fait de l'eczéma sur le front, les oreilles, autour des yeux et dans le cou, des plaques toutes sèches, rouges, un peu dégoûtantes, qui naissent à la lisière de ses cheveux fins et roux.

Il sourit toujours, constamment, cela il faut bien le reconnaître, Patrick aimerait sans doute donner de lui l'image d'un véritable boute-en-train. Seulement cela ne marche plus avec Eugène.

Il arrive sans prévenir, avec ses plaques et son sourire, rentre dans le bureau d'Eugène sans s'annoncer. Il a l'air de celui qui, ayant apporté une surprise, ne sait pas si elle sera appréciée. Il parle d'abord d'autre chose. Patrick a le chic pour placer les choses sur le terrain affectif, éviter de parler travail ou de tout ce qui fâche. Il organise des sorties pour les expatriés, visites des parcs et tours sur les Grands Lacs, parties de golf, parties de pêche, il est capable de dégotter le restaurant qui sert encore de l'ours. C'est comme s'il s'était transformé au fil des semaines et des échecs des négociations en une sorte d'animateur pour la petite équipe d'Eugène. Il se fait appeler « Pat ». Depuis quelque temps, il ne termine pas ses phrases non plus.

— Je t'emmène déjeuner dans un restau de poisson à Grosse Pointe, ils ont des. J'y suis allé la semaine dernière, je ne le connaissais pas, c'est vraiment. Et le cadre. Il y a tout un tas de restaurants dans le coin, tu sais, face à la rivière. Comment s'appelle-t-il ? On était allés là-bas, tous les deux peu de temps après ton arrivée, tu t'en souviens, on avait pris. Et on avait pas mal bu aussi, ils avaient du super.

— C'est pas possible.

— Si, je te promets, c'était à la Pointe. Et c'est là que j'ai découvert le nouveau.

— Non Pat, je veux dire que ce n'est pas possible pour moi. Je dois travailler. On peut se prendre un plat à emporter en ville, si tu veux.

— Demain si tu préfères. Je peux repasser demain.

— Ou alors au premier étage. Il y a encore un steakhouse au premier étage, c'est le dernier.

— Après-demain c'est mieux. Demain, je dois emmener les enfants à la piscine.

— Écoute, Pat, je serais ravi de déjeuner avec toi, c'est juste que je ne peux pas aller à Grosse Pointe, mais on peut très bien manger ici.

— Ce n'est pas grave. On dit après-demain, alors ?

Et il serait parti. Deux jours plus tard, il aurait laissé un message en appelant trop tôt le matin, pour s'excuser parce que ses enfants avaient un examen de piano ou que son beau-père débarquait d'Atlanta, et il aurait encore disparu un moment. Si Eugène n'avait pas fermé la porte de son bureau, s'il ne l'avait pas coincé ce matin-là jusqu'à ce que son sourire le quitte et que ses plaques rougissent, il n'aurait jamais su, pour l'Entreprise. Il l'aurait appris par la presse.

La banque qui assure les prêts pour les achats d'automobiles est dans la tourmente comme les autres. Les commandes sont en berne. Les actifs ne valent pas tripette. On parle de cinquante mille licenciements rien que pour l'Amérique, plus encore en Europe. Les grands patrons des quatre plus grandes marques de l'Entreprise sont allés à

Washington réclamer trente milliards qu'ils n'ont pas eus. Ces imbéciles sont allés là-bas en avion privé, même pas dans leurs propres voitures. Ce sera dans tous les journaux d'ici quelques jours, les cours vont chuter. Quand le Président leur a demandé ce qu'ils comptaient faire de trente milliards de dollars, il paraît qu'ils ont répondu : « On pense pouvoir tenir jusqu'à l'année prochaine ! »

— Une bande d'incompétents, si tu veux mon avis.

— Merde.

— Tu peux dire fuck. On n'y peut rien, Eugène. Et pendant ce temps-là, je me coltine le syndicat. Je fais de mon mieux, je suis sur tous les fronts, mais je crois pas que.

— Et pour la construction de l'Intégral ?

— Entre nous, m'étonnerait que. Tu as des nouvelles d'Europe ?

— Rien depuis plus d'une semaine. Je comprends mieux pourquoi.

— Je vais me renseigner.

— Merci, Pat.

— Tu peux compter sur moi. Tu le sais, Eugène.

Patrick a essayé de rire en partant pour se redonner du courage. Il a un rire vert tirant sur le gris. Il fait vraiment malade. Eugène n'en a pas parlé à l'équipe. Ce soir-là, il est allé au Dive In.

Il y a moins de monde que d'habitude parce qu'on est en début de semaine et il s'installe sur un des tabourets du bar. Il échange quelques phrases avec Candice – c'est alors qu'il apprend comment elle s'appelle.

Dans son ultime rapport, c'est de cette nuit-là qu'il date leur relation même si, précise-t-il, « il ne s'est rien passé ».

Elle a une beauté étonnante. C'est une beauté qui ne réside pas à proprement parler dans ses traits mais qui semble s'écouler d'elle, sa beauté éclate dans sa bouche quand elle rit et éclaire les choses autour d'elle d'un éclat rouge et brillant. Ses gestes sont vifs et précis, il n'y a pas trente-six manières de préparer un Manhattan ou un Golden Cadillac, ou d'essuyer une chope qui sort brûlante de la plonge, ses gestes sont rapides et efficaces, ils ont l'assurance des gestes répétés des millions de fois, dont la technicité atteint à une sorte de naturel, et son rire leur donne vie, les remplit d'imprévus, de surprises, à chaque fois c'est comme si la perfection mécanique de son corps en mouvement le long du comptoir devait une part de sa nécessité au hasard, et c'est cela le vrai naturel, n'est-ce pas, c'est cela la part du miracle.

Nous avons perdu cela avec le système de Taylor.

Lorsque nous regardons les sauts des danseuses, les trapézistes, les funambules, il y a toujours cette fraction éclatante et infime de chance ou de danger – c'est cela qui fait notre plaisir –, et ce travail épuisant de la

répétition que nous ne voyons pas, cette perfection apprise et qui ne rate jamais – c'est
cela qui fait notre admiration. Comme une
phrase qui prend des détours et qui parvient
à s'achever. Candice était comme ça dans le
chaos du Dive In.

C'est à ce moment qu'entre dans le bar ce
gros type au chapeau mou.

Lone Star

Elle remarqua tout de suite que ce type n'était pas un habitué, lorsqu'il entra dans le bar. Il ouvrit la porte et il se tint là quelques instants, au bord de la salle comme en face d'un paysage nouveau découvert au passage d'un col, qu'il embrassa d'un regard circulaire avant de se diriger droit vers le comptoir, vers elle. Il portait un de ces vieux chapeaux au bord étroit des détectives des films en noir et blanc, de ceux dont vous avez des images en tête même si vous n'êtes pas amateur de ce genre de cinéma, même si vous croyez que vous ne l'avez jamais été. Un manteau enveloppait son corps massif et lent, qu'il a déboutonné en avançant.

Elle sut tout de suite que ce n'était pas un habitué, ni un problème ordinaire. Il traversait la salle, contournait les tables et les quelques clients présents à cette heure, il parvenait à couler sa grosse silhouette dans le flot sans courant du mardi soir, c'était à la fois quelqu'un qu'on remarquait et qui se fondait dans le décor avec un naturel étonnant. Avant même qu'elle ait eu le temps de se demander qui cela pouvait bien être puisqu'elle ne le connaissait pas, qui était ce connard en chapeau mou qui marchait maintenant droit sur elle – elle était seule à servir ce soir-là, et il s'y dirigeait en la fixant, elle ne pouvait pas le jurer à cause du chapeau mais on sent ces choses-là, le regard –, qui était ce vieux, tout seul, qui s'approchait avec la nonchalance d'un ours en maraude, que venait-il faire ici, avant même qu'elle ait eu le temps de se poser la première de ces questions qui se bousculaient confusément dans son esprit, pas encore tout à fait formulées, Candice se contentant en somme d'observer ce type s'avancer lentement comme si ç'avait été une sorte de point d'interrogation qui marche, la réponse lui parvint soudain au moment même où il ouvrait la bouche, arrivé à hauteur du comptoir, s'adressant à elle :

— Police !

Connard.

— Le patron n'est pas là.

— Mais c'est à vous que je voulais parler.

En disant cela il souleva légèrement son chapeau sur son front d'une pichenette de l'index, survivance discrète d'une éducation et d'une époque révolues.

— Vous prenez quelque chose ?

— Une bière. À vrai dire, je ne suis pas en service. Une Lone Star, évidemment.

Il sourit finement comme un vieux flic fatigué de la police de Detroit où était brassée cette bière ornée d'une étoile de shérif. Il ressemblait à une sorte d'Humphrey Bogart noir qui aurait grossi de trente kilos en arrêtant de fumer.

Il but quelques gorgées à la bouteille, tranquillement, laissant traîner son regard le long du comptoir où Candice faisait semblant de s'affairer, son torchon jeté sur l'épaule, ramassant les verres vides, glissant quelques mots enveloppés d'un rire comme un cadeau à un client étranger en costume à l'autre bout du zinc, Eugène, qui avait l'air d'un de ces types des bureaux qui n'arrivent pas à rentrer directement chez eux, puis revenant inévitablement vers le policier en arborant un air dégagé, essuyant sur le bar des auréoles de bière évaporée.

— C'est au sujet de votre amie, celle qu'on appelait Framboise. Vous savez que c'est à propos d'elle que je viens vous voir, n'est-ce pas, on ne parle plus que de cette affaire en ville. Le maire y a laissé son fauteuil. Tôt ou tard, les flics viendront vous interroger encore une fois. Peut-être les shérifs.

— Ce n'est pas ce que vous êtes en train de faire, lieutenant ?

— Brown.

Il but une nouvelle gorgée de bière et, cette fois, il enleva son chapeau qu'il plaça devant lui sur le comptoir, le faisant tourner doucement, le tripotant et le caressant comme si ça avait été un chat. Sans couvre-chef, sa tête ronde semblait plus petite. Elle se balançait à droite, à gauche, flottait au milieu de ses épaules larges comme si elle n'était pas tout à fait reliée à son corps, suspendue au-dessus de sa silhouette massive et penchée sur le bar, engoncée dans son manteau de laine, sa tête émergeait de lui comme un point d'interrogation. Pourtant il ne posait pas de questions, ce qui était peut-être sa façon à lui de faire parler les gens. Candice commençait à se sentir mal à l'aise. Elle se hasarda :

— Je croyais que c'était un règlement de comptes.

— C'est la conclusion de l'enquête. De la merde et, franchement, je n'ai pas du tout envie de mettre mon nez là-dedans. On a dit que c'était son petit ami qui était visé.

— Roberts était un dealer et un con.

— Il a totalement disparu après ça. Ce doit être compliqué de se reconstituer un réseau. Vous qui le connaissez bien, vous avez peut-être une idée. Vous avez déménagé après le meurtre et vous avez trouvé ce boulot, ici. Vous avez dit à tout le monde que vous ne saviez rien. Je pense que c'était vrai d'ailleurs, et si ça ne l'était pas, à votre place je dirais la même chose.

— Alors que voulez-vous ?

— Bavarder. Je crois qu'au moment de l'affaire, quand il y a eu tout ce maelström avec le bureau du maire et que Roberts a disparu dans la nature, vous avez profité de l'occasion pour partir et vous avez bien fait. Vous avez mis autant de miles que vous pouviez entre Roberts et vous – si vous en aviez eu les moyens vous auriez sûrement changé de ville. Et je ne vous demanderai pas pourquoi. Je ne veux pas savoir ce que vous fuyiez alors, ça vous regarde. Moi, c'est Roberts qui m'intéresse.

— Detroit est une grande ville.

— Oh, c'est de moins en moins vrai. De nos jours c'est même une ville qui rétrécit dangereusement.

— De toute façon, vous l'avez dit vous-même : il a disparu. Je n'ai plus rien à voir avec ce type.

Candice sentait venir le coup fourré. Les magouilles de la police. L'ombre de Max Roberts et le cadavre de Framboise qui revenait s'échouer toutes les nuits ou presque sur la grève de sa mémoire, grand corps boursouflé, délavé comme un tissu d'autrefois. Elle ne savait pas pourquoi elle se l'imaginait ainsi. Peut-être que les morts sont toujours comme des noyés. On croit les ensevelir dans le flot quotidien des joies et des peines ordinaires, des millions d'autres choses à penser ou à faire, et la moindre tempête d'insomnie les ramène au rivage au milieu d'une vague de sueur et d'angoisse.

À ce moment Candice a peur, Candice perd patience.

Le lieutenant Machin finit sa bière au goulot et la regarde dans sa main comme s'il était étonné, un peu déçu qu'elle soit vide déjà, avant de la reposer devant lui sur le comptoir.

— Roberts a refait surface.

Il dit ça comme s'il parlait à la bouteille, pas besoin de lever les yeux vers Candice pour sentir à son corps qui s'est soudain raidi la stupéfaction et la peur.

— Je ne l'ai pas encore retrouvé. Je me fiche bien de ses affaires et de ses trafics. Les scandales politiques et les stripteaseuses, c'est bon pour les tabloïds. J'enquête sur des disparitions d'enfants.

À hauteur du comptoir, les bras de Candice frémirent comme si tout l'hiver venait de s'engouffrer dans le bar.

— Ce sont des adolescents, parfois des gamins. Ça a commencé lorsque Roberts a disparu des radars. Je crois qu'il s'est transformé en joueur de flûte.

— En joueur de quoi ?

Brown dirigea son regard vers celui de Candice qui aurait voulu fuir.

— Quoi qu'il en soit, si jamais il reprenait contact avec vous, pour une raison ou pour une autre.

Il se leva pesamment et lui adressa de nouveau un petit salut de son chapeau avant de se le visser sur la tête et de tourner les talons. Sur le comptoir il avait laissé sans qu'elle s'en aperçût un billet de cinq pour la Star et sa carte de visite écornée, bristol un peu jauni, lettrage à la machine à écrire.

Lieutenant Brown. Archives criminelles. Département de la police de Detroit. Adresse. Téléphone. Pas de mail.

Elle la glissa dans la poche de son tablier.

Lorsqu'elle refit l'aller-retour chiffon-verres le long du bar cuivré, il n'y avait presque plus personne. Elle s'arrêta devant le costume d'Eugène. Tenta de masquer son effroi en redoublant d'énergie, s'acharnant à frotter des reflets de taches anciennes, des fantômes d'auréoles. Il lui demanda si ça allait. C'était incongru, personnel. Cela lui avait échappé.

Elle aurait dû avoir de la repartie. Elle aurait dû lui décrocher un de ses rires feu d'artifice auxquels on ne peut répondre. Au lieu de ça elle leva les yeux vers lui, il lui sourit. Il avait l'air troublé comme un de ces gars timides qui ne sont pas habitués à parler aux filles. Il avait l'air gentil. Il venait là plusieurs fois par semaine, prenait toujours à peu près la même chose, n'avait jamais été saoul, jamais posé de problèmes, jamais accosté une femme au bar en lui payant un verre, des samedis soir où la solitude, la musique et l'alcool rendent même les gens comme lui plus pragmatiques. Elle se souvenait de lui, de son accent étranger, mais elle ne l'avait pas vraiment remarqué jusque-là. Ils avaient échangé quelques phrases qu'on ne retient pas. C'était juste un de ces types des bureaux qui n'aiment pas rentrer directement chez eux. En fait, lorsqu'elle leva les yeux du comptoir, son chiffon humide et tiède encore au bout de son geste, arrêté bêtement dans sa main crispée, lorsqu'elle découvrit son visage en face du sien, ce fut comme s'il venait d'apparaître. Il avait un regard souriant et doux.

Il s'excusa, comme elle demeurait interdite à l'observer, parfaitement immobile. Il dit :

— L'Entreprise, qui m'a envoyé ici, est en train de faire faillite. Ils devraient me rappeler en Europe, mais je n'ai plus de nouvelles de mon chef. Je crois qu'ils m'ont oublié. C'est sans doute un de ces mauvais jours, vous savez, où tout va de travers.

Elle avait planté ses yeux dans les siens et rien ne parvenait à les décrocher. C'était comme tomber dans un puits. Elle dit :

— Je termine mon service à une heure ce soir.

Candice ne sut jamais pourquoi elle avait dit ça. Pourquoi elle ramena ce parfait inconnu chez elle après quelques verres. Pas pour lui faire l'amour évidemment, pas cette nuit-là. Cette nuit-là ils parlèrent, elle lui raconta sa vie qui ne fait pas tout à fait partie de cette histoire, elle ne sait toujours pas pourquoi.

Il faut croire que la vie parfois est comme un roman, elle a besoin d'un inconnu pour la raconter.

La prairie des Indiens

C'était une prairie d'herbes hautes comme on en trouve dans cette partie du Midwest dès qu'on s'éloigne des villes, ce que les gamins n'avaient jamais fait qu'en rêve. Une vraie prairie en pente douce vers une petite colline, où l'on pouvait imaginer sans mal des troupeaux de bisons bossus et couronnés faisant trembler la terre en galopant, poursuivis par Pontiac et ses guerriers outaouais et hurons en grande tenue de plumes et de daim, lancés dans un tourbillon de poussière, à cru sur des chevaux sauvages, peintures vives et cris de guerre effrayants, tonnerre des sabots par milliers, fusées des flèches. Charlie pouvait presque voir les bêtes massives s'écrouler en brisant les lances plantées dans leurs flancs, leur fourrure et la terre se colorer de sang.

Le soleil couchant baignait la plaine d'une lumière jaune et sauvage, rasant le sol, allongeant démesurément les ombres, filant sous le ventre des nuages épais couleur d'ardoise, venus du nord, qui s'amoncelaient, se gonflaient de tempêtes et d'orages. C'était une de ces lumières sublimes, inquiétantes et belles à la fois, qui révèlent et font surgir, irréel, de son propre relief, un paysage où chaque chose, comme détachée de lui, brille soudain d'une existence solitaire et nue.

Un de ces moments où l'on pourrait entendre respirer la terre.

On n'était, selon le chronomètre de Charlie, qu'à douze minutes et quelques du corridor par les voies ferrées désaffectées, à peu près à un demi-mile au nord seulement, autant dire en plein centre-ville, en tout cas en plein milieu.

Un peu plus loin sur leur gauche à la lisière de la prairie, le long des rails qui s'enfonçaient dans l'herbe, une clôture grillagée blanche tenait encore debout, entourant une série d'entrepôts industriels. Derrière elle on pouvait apercevoir les étages de la tour où travaillait Eugène, presque tous éteints. La tour elle-même était mangée par le contre-jour, flambait dans le soleil couchant.

Mais devant eux sur presque deux kilomètres jusqu'au cimetière de Forest Lawn, rien. Des débris évidemment, émergeant çà et là, des parpaings, des pneus, des petits tas de gravats ou de pierres, les sillons ou les ornières de boue séchée laissés depuis longtemps par des engins de chantier disparus, d'anciennes rues défoncées comme des chemins creux, des arbustes prisonniers des ronces, des planches pourries, des bidons de fer crevés par la rouille, mais autrement, rien. Un grand sycomore tordu à l'ombre gigantesque, perdant ses feuilles dans la brise du soir. Les Indiens de rêve.

Ils y avaient tous pensé. C'est Gros Bill qui, le premier, se mit à crier. Tendant le cou, la tête en arrière face au ciel. Avec son œil poché, son gros pansement sur le front, sa lèvre qui pendait mollement vers le menton, qui avait doublé de volume, il poussa une sorte de long hululement entre la chouette et le loup, la meilleure approximation de ce qu'il pensait être un hurlement de coyote puis, se mettant à sautiller maladroitement et lourdement d'un pied sur l'autre, se pliant en deux vers le sol et se relevant brusquement vers les nuages dans un signe d'imploration, tout en continuant à crier, à glapir, à japper il entama une sorte de danse de la pluie improvisée qui, à en juger par la noirceur des nuages qui surplombaient à présent toute la Zone, n'allait pas tarder à se révéler d'une efficacité redoutable. C'était une danse joyeuse et délirante, désordonnée, sauvage, une danse de la liberté, irrépressible comme un fou rire. Bill avait le chic pour ce genre de trucs. Il devait avoir encore sacrément mal aux côtes et au visage, mais il secouait dans tous les sens sa carcasse de géant, il exultait, frénétique, contagieux. Les deux autres le suivirent et ils tournèrent bientôt en rond tous les trois, criant et riant comme des bossus, psalmodiant dans des sabirs inventés, grotesques, des formules magiques et des prières au grand manitou de la pluie, à l'esprit du tonnerre, des vents et des nuées, des éclairs et du feu. Au milieu de leur cercle d'imprécations, leurs sacs à dos et leurs planches de skate empilés pêle-mêle étaient devenus le totem sacré de leur tribu sauvage. Et le vent se leva, évidemment.

Ils se regardèrent, un instant figés dans leurs attitudes de Sioux de télévision, incrédules, ne pouvant s'empêcher de se demander, sachant pourtant que c'était faux, si malgré tout ce n'étaient pas *eux* qui avaient fait *ça*.

— On est libres, les gars, libres comme l'air, regardez ça, dit Bill.

Des rafales, filant au ras du sol, couchaient les herbes hautes en dessinant des plis sombres dans le pré, transformant l'étendue de foin blanchi par l'été en un tissu moiré. Elles passaient en rase-mottes et changeaient de sens comme si une invisible main ébouriffait la chevelure de la prairie.

Ils éclatèrent de rire et reprirent leur danse de plus belle. Plongeant dans l'herbe, resurgissant plus loin en criant, levant les bras au ciel, chorégraphie saccadée d'apprentis sorciers. Cela faisait longtemps qu'ils n'avaient pas autant ri. Qu'ils n'avaient pas autant lâché la bride à leur enfance. Ils mimaient la chevauchée de la grande chasse, tiraient vers les ombres jaunes des flèches imaginaires. Sautaient de leur mustang en pleine course sur le dos d'un bison pour l'égorger, se relevaient en brandissant une vieille basket ou un morceau de tuyau en PVC en guise d'indiscutable trophée.

Lorsqu'ils se retrouvèrent de nouveau près des sacs, essoufflés, ils s'allongèrent. Leur totem baptisé « Wanka-Tanka Skateboard » n'était pas bien haut mais il jetait dans l'herbe une ombre assez crédible.

— Comment tu connais ici, Stro ?

— J'en ai entendu parler.

— Par qui ?

— Je sais plus. En ville. Il y a des bruits qui courent sur cet endroit. On devait construire un projet industriel ou un truc du genre, ici. Le Grand Renouveau de Detroit.

— Bonjour la Catastrophe !

— Ouais. Ils ont tout rasé. Et puis bien sûr le projet s'est pas fait. Maintenant ça s'appelle la Zone.

— Comment tu sais tout ça, Stro ?

— J'ai entendu dire.

— C'est dingue, cet endroit, on dirait que c'est loin de tout.

— On dirait que c'est au milieu de nulle part.

— On dirait que c'est dans un film. Il va y avoir de l'orage et les fantômes des Indiens des plaines vont se relever et envahir la ville.

— Comme des zombies !

— On sera les seuls à pouvoir les arrêter, parce qu'un vieux type nous donnera une formule magique hyperpuissante.

— Ce sera un vieux vraiment dégueulasse, un genre de clodo qui vit dans une cabane, avec des fringues qui puent.

— Ouais, mais en fait, avant, c'était un grand magicien.

— Il voudra un truc en échange de la formule.

— Que l'un d'entre nous épouse une de ses filles.

— Skinny !

— Arrêtez vos conneries !

— Non, non. Ce sera une nana toute maigre, avec des petits nichons qui pendent comme des sacoches.

— Il lui manquera des dents.

— Elle sera sale.

— Elle puera, pire que son père.

— Il faudra que tu lui fasses plein de trucs crades avec la langue.

— T'as jamais fait ça, hein, Skinny, des trucs avec une vraie fille ?

— Putain, arrêtez de déconner, les gars. En plus, il va vraiment y avoir de l'orage.

— T'as raison. Il y a encore un bâtiment, un peu plus au nord, je sais pas pourquoi ils l'ont laissé comme ça. C'est une ancienne école. On va pouvoir y dormir. C'est juste derrière cette espèce de colline où il y a le grand arbre, tout seul.

— T'es déjà venu, Stro.

— Ouais. Je viens là de temps en temps.

— C'est pas un peu dangereux ?

— Mon frère, t'as la frousse !

— Non, j'ai pas peur. Mais les types des graffitis, tout à l'heure, ils ont dit qu'il y avait une bande.

— T'inquiète. C'est cool.

— Tu les connais ?

— Ouais. C'est cool, je te dis, Gros. On y va ?

Les premiers roulements du tonnerre se firent entendre alors qu'ils arrivaient à la hauteur de l'arbre. Le grand sycomore avait un tronc noueux et des branches énormes qui se tordaient douloureusement vers le ciel noir.

C'était une école primaire, ça se reconnaissait tout de suite.

Les chiens

Lorsque Watts l'appela cette nuit-là, à quinze jours de Noël, le lieutenant Brown ne dormait pas. Il s'était allongé sur son canapé, la tête sur l'accoudoir, piochait dans le carton qu'il avait traîné près de lui des dossiers qu'il parcourait d'un œil las, avant de les faire glisser sur la table basse, au milieu des journaux de la semaine. Sacrée semaine ! La télé dont il avait coupé le son diffusait en continu des nouvelles de Wall Street où les têtes des banquiers suivaient les cours de la Bourse dans leur chute. Un meurtre à Manhattan, dans les milieux d'affaires, faisait les gros titres. On ne parlait pas de Detroit, pourtant ici, des homicides, il y en avait eu presque deux par jour. Des dealers, des maquereaux, des putes et des pauvres gens, au mauvais endroit, au mauvais moment, le pays s'en fichait bien, il n'y avait que les flics comme Brown pour se douter que c'était la même Catastrophe, que les milliards qui dégringolaient là-bas se traduisaient ici par de vraies guerres de territoire, des règlements de comptes et quelques balles perdues. La ville continuait de se dépeupler, abandonnant des quartiers entiers transformés en un nouveau Far West. En temps de crise, les marchés de la drogue s'assèchent comme les autres. Les gangs et les cartels sont obligés de recourir à des stratégies commerciales plus agressives pour maintenir leur chiffre d'affaires. C'est ce qu'avait déclaré le nouveau chef de la police, dans un effort pour excuser par le cynisme l'impuissance de son département. À la morgue de la ville, il y avait plus de sacs à viande que d'étagères métalliques dans la chambre froide. On entassait les anonymes par terre comme dans une guerre.

La vague de froid de début novembre avait traîné dans son sillage les premières chutes de neige, que la mairie n'avait pas eu les moyens de saler ou de déblayer. On était plus d'un mois plus tard, et la ville était recouverte de neige.

Les bottes en cuir de Brown séchaient sous le radiateur électrique de la salle de bains, déformées, quoique bourrées de papier journal pour maintenir leur tige à peu près droite, leurs plis craquelés devenus perméables, mous et constamment humides. Son manteau pendait au perroquet à l'entrée du salon, lourd et affaissé. Le parquet à cet endroit était plus sombre et témoignait des nombreux hivers qu'il avait déjà passés, accroché là, à dégoutter lentement de la neige fondue.

Il y avait encore moins de voitures dans la rue. Même les traînards se planquaient pour hiverner. Il régnait à Copper Canyon à cette heure un silence de cimetière.

Le téléphone sonna.

— C'est Watts. J'espère que je ne te réveille pas.

— Tu sais bien que non. Tout va bien ?

— On a été appelés. Je suis en patrouille à l'est d'Hamtramck du côté de St Cyril. C'était dans notre secteur ce soir.

— Les secteurs grandissent.

— À mesure que la ville rétrécit, oui. On est arrivés sur place il y a quelques minutes.

— Qu'est-ce que je peux faire pour toi ?

— J'ai pensé que ça pouvait t'intéresser, Brown. La victime, c'est un gosse. La dizaine, je dirais.

C'était peu dire que la rue était déserte. Un seul côté était encore habité, tenu par trois maisons dispersées sur toute sa longueur, auxquelles la lune donnait des allures de manoirs gothiques. Ainsi espacées de terrains vagues à l'abandon elles semblaient plantées dans des parcs à moitié en friche. La neige argentée recouvrait tout le paysage, trouée de grands arbres aux branches dénudées et de séquoias qui la retenaient en collerette dans leurs ramures tombantes

163

et recourbées. Un seul porche était éclairé. Le voisin qui avait appelé pour signaler une fusillade. N'était évidemment pas sorti de chez lui, n'avait rien vu.

Brown se gara en épi de l'autre côté de la route, non loin de la voiture de patrouille de Watts et de son collègue, encore au volant, portière ouverte, les phares allumés dessinant un faisceau sur l'espèce de prairie qui s'étendait de ce côté-là sans autre éclairage, découpant dans la neige grise un cône d'un blanc brillant, légèrement bleuté, au milieu de l'obscurité sans fond qui leur faisait face, où se détachait, à quelques dizaines de mètres, ce qui aurait aussi bien pu être un manteau abandonné, la forme noire et ramassée d'un enfant.

Il était recroquevillé sur lui-même, ses bras figés serrant son ventre, le visage tordu dans la neige pour respirer ou pour appeler au secours tant qu'il avait pu, les yeux encore ouverts comme s'il regardait la route. Il avait rampé ainsi sur quelques mètres et, à vrai dire, c'est la première chose que vit Brown avant même de descendre de voiture, dans la lumière aveuglante des pleins phares de la patrouille, la traînée qui prolongeait cette petite chose noire étendue là-bas, comme un point d'exclamation d'horreur ou de colère, le sillage de sang qu'il avait laissé derrière lui.

Watts présenta son collègue qui le salua d'un signe de tête et resta dans la voiture, à attendre l'appel radio qui annoncerait l'ambulance du légiste. Vingt minutes depuis le coup de fil de Watts. Heureusement, le gosse était déjà mort.

Ils allèrent tous les deux jusqu'au cadavre, lentement et prudemment à cause du terrain accidenté que la neige masquait dangereusement. Et puis, personne n'a tellement envie de voir de plus près le visage, déformé par la douleur et figé par le froid, d'un gamin de douze ou treize ans qui n'a même pas dû comprendre qu'il était en train de mourir.

— Ça se voit à ses yeux, dit Brown.

Il a l'air étonné.

Il regarde la route. Il est là, à ramper dans la neige en se tenant le bide, il n'a jamais eu aussi mal de toute sa vie. À chaque mouvement c'est des boyaux qui se déchirent et des éclairs de douleur qui le foudroient du ventre au sommet du crâne comme si ça allait le couper en deux. Il ne peut même pas se tenir à genoux et il n'y voit plus très clair, mais il continue de regarder la route. Peut-être qu'il voit une lumière là-bas, une voiture qui passe en projetant partout les ombres des arbres aussitôt ravalées par la nuit, peut-être que le voisin, sans jouer les bons samaritains, a tout de même allumé son porche. Il regarde vers la route et ce n'est pas si loin, et malgré la douleur atroce il voudrait continuer à ramper, et il ne comprend pas pourquoi il n'y arrive pas, pourquoi il n'y arrive plus. La douleur lui fronce les sourcils, la peur lui tord la bouche, mais ses yeux qui s'agrandissent, c'est la stupéfaction de ne pas parvenir jusqu'à la seconde d'après. L'étonnement de la mort.

Ce que Brown appelait aussi le masque des innocents.

Ils s'étaient penchés tous les deux sur lui, l'avaient fait rouler doucement sur le dos en soutenant ses épaules et sa tête. Brown était agenouillé dans la neige à côté du corps. Le sang ne coulait plus. Ses muscles étaient raidis par le froid, difficiles à bouger. Il ôta ses gants pour enlever le givre sur le visage et les cheveux du gamin, sortit de la poche de son manteau un appareil photo et se redressa un peu pour prendre un cliché de son visage de face puis, rangeant l'appareil, agenouillé de nouveau, il retira son chapeau qu'il posa à côté de lui, entreprit de lui fermer les yeux avec les gestes lents et tristes d'un géant timide qui aurait peur de casser une si petite chose. Les paupières étaient gelées. L'appel d'urgence, prévenant d'une simple fusillade, avait mis presque une heure pour parvenir jusqu'à la patrouille de Watts, après qu'ils eurent signalé leur position non loin.

Brown se releva, remit son chapeau. Il ne faisait jamais de signe de croix, par superstition, comme si ça attirait le malheur. Ils se préparaient à retourner aux voitures. Depuis qu'il avait hérité des archives du Precinct 13, Brown était le seul flic de Detroit qui réussissait parfois à mettre un nom sur un visage d'enfant. Un nom, c'est de la famille, une enquête. Un nom, ça évite de finir au frigo des anonymes à la morgue, parmi les sacs noirs si nombreux qu'on les empile au sol. Watts se hasarda à rompre le silence :

— Avec un peu de chance...

— Oui. Ce gamin n'en a pas eu beaucoup, ce soir.

Brown était fatigué. Ses bottes étaient complètement trempées. Ses doigts de pied se repliaient instinctivement dedans comme pour se réchauffer mais ne rencontraient que le froid pénétrant des chaussettes mouillées. La nuit allait être longue.

— Je crois que mes bottes sont foutues.

Ils s'arrêtèrent brusquement de parler. Un peu plus loin dans l'obscurité, à la limite des phares, un son avait donné l'alerte, qu'ils ne parvinrent d'abord pas à identifier. Une sorte de râle. Un grognement, plutôt.

Watts avait immédiatement porté la main à son holster de ceinture, fait sauter le bouton de la courroie qui maintenait le revolver dans son étui. Brown haussa les épaules en ouvrant les mains devant lui : il était venu sans arme.

— Des chiens sauvages !

Il souffla cela en faisant un pas vers Watts qui dégainait lentement son arme, et ils apparurent. Des pitbulls, deux pitbulls sans doute élevés et abandonnés ensemble par un maître encore plus con qu'eux. Il y en avait des dizaines en ville, errant ainsi depuis la Catastrophe, pour la plupart des chiens d'attaque qui avaient survécu en compensant leur manque d'instinct pour la chasse par leur soif de combats et de sang.

Ils montraient leurs dents pointues, les babines retroussées sur leur museau allongé de blaireau, la tête baissée rentrée dans leurs épaules massives ils avançaient dans la lumière des phares, leurs petits yeux rouges et méchants déjà plantés dans leur jugulaire ils se rapprochaient des lieutenants en jaugeant leur taille et leur rapidité, en reniflant leur peur. Brown et Watts reculaient en essayant de garder leur sang-froid.

Les consignes des patrouilles étaient de ne pas s'occuper des chiens, de prévenir la brigade canine constituée de vétérinaires, de quelques anciens gardiens de zoos et de volontaires. Ils avaient des perches à licol, des bâtons électrifiés et des camionnettes grillagées. Avec les ratons laveurs et les renards qui étaient réapparus en ville, ce n'était qu'une question de temps pour que la rage refasse son apparition.

Brown et Watts reculaient sans les quitter des yeux vers la voiture d'où leur collègue était sorti, laissant la portière ouverte, pour faire quelques pas dans la neige avec le fusil à pompe d'intervention qui, à cette distance, ne servirait pas à grand-chose.

Le cadavre du gosse était entre eux et les chiens. Ils allongèrent le pas, se mirent à marcher de biais en continuant de surveiller leurs arrières. Ils étaient si concentrés sur les molosses qu'ils n'avaient pas imaginé que leur démarche chaloupée par les roulements d'épaules, leurs grognements sourds, leurs gueules ouvertes, sourires menaçants de crocs brillants, tout cela n'était peut-être qu'une intimidation destinée à les faire fuir, au profit d'une proie plus facile. Ils avaient rejoint leur collègue, ils étaient presque à l'abri, mais les chiens s'étaient arrêtés d'avancer. Ils tournaient autour du cadavre et le reniflaient en grognant.

Watts tira deux fois dans leur direction mais les manqua. Les pitbulls se figèrent un instant et aboyèrent. Brown hurla lorsqu'ils se jetèrent sur l'enfant. L'un à la gorge et l'autre sur une main, secouant la gueule en tous sens, grondant, tirant et traînant le cadavre, le retournant et fouillant sous son blouson, essayant des prises, dans ses jambes, ses bras, sa poitrine, le soulevant de terre comme un pantin de chiffon, cherchant à le mettre en pièces.

Le jeune lieutenant aurait sans doute préféré continuer à tirer de là où il était, mais

Brown qui s'était emparé du fusil courait dans sa ligne de mire en criant. Il tenait le Mossberg par la pompe, dans la main gauche, et l'armait d'un mouvement sec en jouant sur le poids de l'arme, courant et le basculant dans le même mouvement, sa main droite aussitôt plaquée sur la crosse, il faisait feu à la seconde suivante. Recommençait. Quatre fois, cinq fois, pendant qu'il courait vers eux. Six fois, peut-être, il ne comptait pas, n'arrêtait pas de faire feu. Les détonations trouaient la nuit. Ses oreilles se mirent à bourdonner.

Les chiens avaient lâché leur prise, touchés par la chevrotine, leur pelage blanc maculé d'éraflures et de pointes rouges, leur gueule et leur museau barbouillés du sang du gamin. Il en faucha un d'une nouvelle décharge de plomb plus concentrée, maintenant qu'il était plus proche, lui arracha l'arrière-train, le laissant couiner dans la neige, impuissant.

L'autre pit s'élança. Mouvement sec du bras gauche. Pivot, la main droite aimantée à la crosse, le bras gauche qui se tend comme un coup de poing vers lui. Le chien bondit. Lorsque Brown appuya sur la détente il était presque en train d'avaler le canon. En plein saut, la gueule en avant comme font les chiens. Et la moitié du corps de l'animal explosa en l'air.

Il rouvrit les yeux. La neige était rouge tout autour de lui. Il respirait fort. Brown entendait le sang battre dans sa gorge et ses tempes et, plus loin, les bruits de pas précipités des deux lieutenants qui venaient vers lui. Watts tenait son chapeau qui s'était envolé dans sa course. Il le lui rendit, prit dans ses mains le Mossberg au canon encore chaud. Le vieux flic avait du sang plein le manteau et les bottes. Il tremblait légèrement. Ses yeux étaient tout ronds sous ses sourcils froncés, de peur rétrospective ou de colère, on n'aurait su dire. Il remit son chapeau. Parla d'une voix sourde, comme quelqu'un qui ne s'entend pas.

— On n'attend pas l'ambulance, on ramène le corps nous-mêmes. Ils n'auront qu'à s'occuper des clébards.

Junior high school

En se garant Georgia s'aperçut qu'elle n'était encore jamais venue dans l'établissement où Charlie avait fait sa rentrée en août. On était déjà en décembre et cela faisait un mois qu'il avait disparu. Il n'était toujours pas revenu à la maison. S'il avait réapparu dans le quartier elle l'aurait su par les voisins, alors elle avait fini par se dire que peut-être il y avait une dernière chance au collège que quelqu'un l'ait vu, que quelqu'un sache quelque chose.

Une grille blanche en fermait l'accès sur toute la longueur, doublée d'un sas à l'endroit où elle coulissait et s'ouvrait sur quelques mètres à côté du local entièrement vitré d'où les pions surveillaient à la fois la cour et le parvis. Avec ses deux grilles qui glissaient alternativement, le sas se remplissait puis se vidait d'élèves sous le regard des gardiens, on aurait dit une cage, tout simplement. Il était fait pour protéger les collégiens de la rue, de ses trafics et de ses dangers, mais il donnait l'impression, avec ses allures de prison, que c'étaient eux les délinquants, qu'on était obligé de les enfermer là jusqu'à quinze ans pour les éduquer, car c'est cela qu'évoquaient les grilles – des animaux, qu'il fallait donc dresser avant de les relâcher dans la nature, c'est-à-dire dans la ville.

Les jeunes ne semblaient pas s'en émouvoir. Ils transitaient tranquillement là-dedans, présentaient leur carte aux lecteurs électroniques disposés en ligne comme des entrées de métro, s'éparpillaient dans la cour.

Charlie n'était pas là, en tout cas elle ne le vit pas. Elle resta postée un moment dans sa voiture de l'autre côté de la rue, à détailler la masse bruyante des capuches de sweat-shirt et des coiffures de toutes sortes, têtes rasées rehaussées de motifs dessinés à la tondeuse, de crêtes, de tresses mêlées de fils multicolores, des casquettes de base-ball et de basket, des blousons de jean piqués de badges et d'écussons, des joggings dépareillés, des sacs à dos portés sur une épaule, mous et décorés de signatures et de noms d'idoles au Tipp-ex, aucun cartable, c'était saisissant, les filles avaient de grands sacs à main en similicuir, des bandoulières en chaînette dorée, des filles poussées comme des bambous pendant l'été, se balançant au bout de longues jambes nues, en short, comme si c'était le lieu et la saison, la plupart des autres en jogging trop large comme les garçons, Georgia observait de loin les petits groupes qui se formaient et se défaisaient comme des vagues, les insultes qui fusaient à la moindre bousculade aussitôt arrêtée par un coup de sifflet.

Lorsque la foule se clairsema, elle descendit de voiture. Traversa lentement. Conserva avec les derniers groupes une distance raisonnable. Des retardataires filaient devant elle en courant. En vérité, si elle avait vu autant de jeunes rassemblés dans la rue ailleurs qu'à l'entrée d'un collège, elle aurait eu peur, c'est sûr, ils foutent la trouille avec leurs accoutrements, leurs coupes de cheveux invraisemblables, leurs corps trop grands toujours à se dandiner, comme prêts à partir de l'autre côté, leurs cris incessants, assourdissants, leurs cris faits d'exclamations, d'injures et de mots à eux – si ce sont des mots –, incompréhensibles. Comme une autre espèce. Des aliens en train de se répandre, déguisés en jeunes.

Georgia s'approcha de la grille qui se refermait. Le surveillant hésita, mais cela devait se voir qu'elle n'était pas professeur. Il laissa la grille coulisser sur son rail jusqu'au bruit de ventouse du verrou magnétique. Il n'y avait plus d'élèves dans le sas, ils se dispersaient vers les bâtiments qui entouraient la cour. Elle avança jusqu'à la grille, pensant que le surveillant allait la rouvrir pour qu'elle puisse entrer, mais il se dirigeait déjà vers la deuxième qu'il allait fermer à son tour. Sans se retourner il lui lança de s'adresser au concierge, dans la loge plus loin, sur le côté. De dos, il aurait pu passer pour un collégien lui aussi, peut-être plus grand que les autres, à qui on aurait donné un blouson au nom de l'établissement.

L'impression d'étrangeté était plus forte encore à l'intérieur. Ils étaient chez eux. Ils semblaient à peine la remarquer. Cependant à chaque fois qu'elle s'approchait d'un petit groupe d'élèves en train de discuter ils lui tournaient le dos et s'écartaient d'elle, poursuivaient leur conversation animée un peu plus loin. Ils faisaient cela instinctivement, sans même la regarder. Il n'y avait aucun reproche ni aucune menace dans leur attitude, ils lui faisaient seulement savoir ainsi qu'elle n'était pas chez elle, ici, avec son chignon et ses lunettes, sa jupe en laine en dessous du genou et son sac à main verni, elle n'était pas d'ici.

La jeunesse est un pays.

Elle ne trouvait pas le bon bâtiment. Elle avait suivi les indications du concierge, d'un surveillant, puis d'un adulte qui ne s'était pas présenté, était entrée dans un hall grouillant d'élèves, avait suivi des couloirs, gravi des escaliers, et encore d'autres couloirs qui bifurquaient, au fond, parce que les édifices communiquaient entre eux.

Elle n'avait demandé qu'à voir la responsable des surveillants, celle qui tenait le compte des absences et des retards. Elle connaîtrait peut-être des amis de Charlie, des gamins qui ne seraient jamais venus à la maison mais qui savaient peut-être quelque chose. Peut-être qu'elle-même, la surveillante, aurait une idée. Il y a des choses qui se passent à l'école et qu'on ne dit jamais aux parents. Il y avait tant de gamins. C'était une foule, partout.

Elle ne pouvait s'empêcher de scruter les démarches, les silhouettes, les crânes et les casquettes sur son chemin, dans les rangs devant les salles de classe, dans les groupes qui dévalaient les escaliers tête baissée, parvenaient à l'éviter sans un regard, sans jamais ralentir, dans les groupes qui arpentaient les couloirs devant elle et qu'elle perdait régulièrement de vue derrière des rangées de casiers, un attroupement ou des portes d'escalier.

Elle avait dans la tête un kaléidoscope de morceaux de corps disparates, des mollets gravissant des marches, des caleçons dépassant de jeans trop larges, des épaules et des nuques, des bracelets de plastique cascadant sur des avant-bras, des chevelures de toutes les couleurs et de toutes les formes. Très peu de visages. Chacun sait où il va, sauf elle, chacun sait à qui parler, qui esquiver rapidement dans le flux, les adultes sont à éviter, les portes claquent. Pas de Charlie.

Soudain il lui apparut que son petit-fils était plus grand qu'elle ne l'avait imaginé. Accoutumé déjà à cette vie, cette foule pressée qui la croisait ou la dépassait sans cesse, cette foule de dos et d'épaules et de mollets et de cheveux qui la frôlait, étrangère. Et dans le même mouvement elle se formula la pensée contraire : qu'il n'était encore qu'un enfant, qu'elle l'avait laissé là sans défense au milieu de cette agitation désordonnée de la jeunesse dans laquelle on ne pouvait que se perdre.

Elle se planta en face du bureau, très droite, les deux mains serrant fermement son sac à main verni sur son imperméable, devant les casiers métalliques du grand couloir du premier étage.

Une jeune fille lui demanda de se pousser très poliment sans la regarder, elle aussi. Elle remisa dans son casier la veste sage en laine bleu marine dont elle était vêtue. Lorsqu'elle en referma la porte, elle ne portait plus qu'un maillot de basket à l'emmanchure suffisamment large pour qu'on voie son soutien-gorge. Elle se tourna vers ses copines demeurées en arrière, qui accueillirent sa métamorphose par des sifflets et des rires. Elle sourit alors à Georgia comme si elle venait de la remarquer. Comme si, avant, le monde n'existait pas vraiment. Puis elles disparurent.

Des élèves plus âgés traînaient encore dans le couloir. Ils entraient chez la surveillante sans frapper. Suivaient des éclats de voix, dont Georgia ne percevait que les inflexions aiguës, le ton de l'engueulade ou du sermon, et puis plus rien pendant quelque temps. Sans doute il suffisait de baisser la tête et de hausser les épaules car ils finissaient tous par ressortir un peu voûtés, le pas encore plus traînant qu'en arrivant, si c'était possible. Certains venaient accompagnés d'un ou deux autres gaillards qui les attendaient du côté des casiers, l'air de rien, comme s'ils avaient oublié leur numéro ou qu'ils cherchaient leur clé de cadenas. À peine étaient-ils ressortis du bureau, ceux-là relevaient finement la tête avec un sourire en coin, frappant dans la main de leurs camarades ou se contentant de leur heurter l'épaule – tout va bien mon frère. Aucun n'adressait jamais la parole à Georgia.

Comme elle attendait en face et non juste devant la porte, personne ne songeait qu'elle voulût peut-être rencontrer la responsable, elle aussi. Ou bien sûr ils devaient se le dire, mais ce n'était pas leur problème. Si la vieille préfère attendre avec ses bas gris et son chignon, ses lunettes en écaille, ça la regarde. Deux profs passèrent même devant elle sans rien dire. Qu'est-ce qu'elle pouvait bien faire ici ? Elle devait avoir ses raisons. Elle était peut-être convoquée. À quoi bon lui parler ? La première prof était une femme très forte dans la quarantaine, elle marchait d'un pas et d'une allure militaires, la tête bien haute, le regard planté dans le mur, tout au fond du couloir, les lèvres pincées, sans doute qu'elle serrait la mâchoire, celle-là personne n'allait l'interrompre ni lui poser une question idiote, personne n'allait la faire chier ce matin – c'est ce qu'elle s'était répété en sortant des W.-C. de la salle des profs, mal au bide comme tous les jours avant de faire cours, avant de rentrer dans *leur* classe. Le deuxième, c'était un petit monsieur dégarni aux cheveux blancs qui trimballait tout un tas de photocopies, des marqueurs, un petit carnet jaune et un trousseau de clés dans une main, un énorme cartable en cuir craquelé et avachi dans l'autre, ce qui lui faisait pencher légèrement la tête du côté opposé. Il eut un sourire timide quand il la croisa mais il ne lui demanda pas, lui non plus, s'il pouvait l'aider. Celui-là avait l'air d'avoir assez de problèmes comme ça. Ce serait déjà un miracle s'il parvenait au bout du couloir sans que les photocopies glissent et tombent par terre – il aurait une deuxième chance d'humiliation au moment d'ouvrir la porte de *leur* salle.

Oh, la surveillante générale aurait bien fini par la remarquer. Un élève aurait ouvert trop grand la porte en entrant. Ou alors elle serait sortie d'elle-même pour voir d'où venaient ces bruits dans le couloir : les deux gamins, là-bas, qui complotaient Dieu sait quoi du côté de la porte des lavabos, faisaient le guet sans doute pour un troisième à l'intérieur, sélectionnaient ceux qui avaient le droit de rentrer et qui tiraient la chasse d'eau bien trop vite pour avoir eu le temps de pisser. Un petit trafic. Un souci à régler. Je reviens tout de suite, madame. Non, Charlie n'est pas venu en cours depuis un mois. Ce sont des choses qui arrivent. À quoi bon ?

Georgia repartit comme elle était venue.

La ville, c'est un paysage

Lorsque vous êtes loin de chez vous, au début, les gens vous écrivent. C'est une sorte d'aventure. On veut savoir à quoi ça ressemble, comment ça se passe, on est curieux, c'est humain. Très vite il devient cependant évident que vous n'avez plus aucune influence sur ce qui peut leur arriver. Vous êtes trop loin, trop occupé, trop pris par autre chose, ailleurs, qui n'a plus rien à voir avec leur quotidien. Or c'est quand même ça qui leur prend le plus de temps au jour le jour, leur quotidien. Leurs soucis, les grippes des enfants, les jalousies du boulot, le dernier film à la mode, la voisine partie en maison de retraite, le pique-nique du dimanche, la célébrité qu'ils ont cru apercevoir à la salle de sport, le dégât des eaux, le vaccin contre la grippe A, le nouveau bar du quartier, le nouveau scandale politique, vous n'y pouvez plus rien, ça ne sert plus à rien d'en discuter avec vous, vous êtes parti voilà tout. Le quotidien occupait la majeure partie de votre temps, de votre énergie, et vous n'y êtes plus, dans ce quotidien-là. Vous n'aviez jamais songé que c'était quelque chose de si fragile. Votre travail et le décalage horaire rendent la conversation pénible, les réponses lentes à venir. Bientôt on cesse de vous écrire. On verra quand tu seras de retour. Ce n'est pas un problème. Vous-même, vous continuez d'être entièrement accaparé par votre quotidien. C'est juste qu'il a changé. L'éloignement est un problème de relativité.

Vous vous êtes glissé dans la trame d'une nouvelle vie, bien sûr c'est une façon de parler, c'est toujours la vôtre de vie, la même, c'est votre vie qui continue, mais tout vous y semble nouveau. Même ici, en Amérique du Nord, il y a une sorte d'exotisme discret qui recouvre tous vos gestes et votre regard, les choses les plus banales, vos sensations les plus ordinaires.

La ville, c'est un paysage. Au bord d'une rivière que vous ne connaissez pas, sous un climat dont vous ignorez les sautes d'humeur et la forme des nuages. Pourtant c'est de la terre, des arbres, c'est de l'eau, du ciel et du béton, ça devrait se ressembler, les immeubles sont des immeubles et les rues sont des rues, ça ne devrait pas être si différent mais vous ne reconnaissez rien. La hauteur des bâtiments, la largeur des avenues, les logos des marques et les enseignes des boutiques. La couleur des boîtes aux lettres, des colonnes d'eau, des bouches d'incendie, les uniformes des policiers, des postiers, des livreurs, des caissières, des conducteurs de bus et des ouvriers. La forme des plaques d'égouts, des cheminées de travaux, des escaliers de secours, l'excroissance des climatiseurs sous les fenêtres. La largeur des trottoirs, la place que prend le ciel au-dessus de vous, recouvrant les boulevards et filant dans les allées. La présence des autoroutes en pleine ville et leurs piles de béton, les rampes de sortie ou d'accès tels des toboggans gigantesques.

Puis vient le bruit. Le bruit d'une ville est toujours un bruit de fond. Il a envahi vos oreilles en venant de partout à la fois. Ce n'est qu'après un moment que vous y prenez garde et commencez à distinguer les bruits singuliers qui le composent. La circulation, les démarrages au feu vert, les freins à pistons des énormes camions, les sirènes des voitures de police, des pompiers, des ambulances, les avertisseurs des engins de chantier et des camionnettes de livraison lorsqu'ils reculent, les musiques qui s'échappent des fenêtres ouvertes et des portes des magasins, les exclamations des gens surprises au vol, les conversations lointaines qui sont de purs concentrés d'accent sans paroles. Le grondement sourd, presque continu, que vous confondiez avec la circulation et qui provient en fait des avions de ligne, en effet pas si hauts que ça – l'aéroport est en ville.

Ça vous enveloppe comme une toile. Ce n'est pas si éloigné, mais ce n'est pas chez vous. Les oiseaux ont des cris différents. Les arbres sont plus grands. Vous pouvez tout identifier, mais vous ne reconnaissez rien. Tout est à la fois étrange et familier.

Et vous vous dites :

C'est la première fois que je conduis une Mustang à boîte automatique sur une route poudreuse qui file tout droit entre des collines de prairie jusqu'à l'horizon, à Detroit ; la première fois que je me regarde dans la glace avec une casquette des Tigers sur la tête, de retour d'un de leurs matches au Comerica Park, à Detroit ; la première fois que je prends un café filtre dans un *diner*, assis sur un tabouret en vitrine, au milieu d'un décor de chrome et de formica sorti des années 1950, dans l'indifférence totale des clients et de la serveuse en tablier blanc qui vient de me resservir, à l'angle de Gratiot et de Eight Miles, à Detroit.

Vous vous demandez si tout va redevenir banal, à force d'y vivre. Si c'est parce que c'est la première fois, ou parce que c'est Detroit.

Il y a quelque chose de plus, quelque chose de spécial ici. Le parfum de la Catastrophe est dans l'air.

Les rues sont singulièrement vides.

186

Depuis le dernier recensement, la plupart des quartiers ont perdu près du tiers de leurs habitants. Les maisons qui restent ne valent plus rien, zéro. La plus grande partie de la ville, au nord de Midtown et au sud près de la rivière, ne ressemble plus qu'à une friche sauvage – on pourrait faire tenir San Francisco, Boston et Manhattan dans les lots vacants. Les programmes d'urgence de la ville et de l'État du Michigan prévoient de démolir les bâtiments inoccupés qui constituent un danger. On parle de vendre ou d'hypothéquer les œuvres du musée, des Brueghel, Poussin, Caravage, Gauguin, Van Gogh, Matisse ou Picasso, une des plus belles collections d'Amérique. Dans les zones désertées de la ville on coupe l'adduction d'eau, vétuste et ruineuse. Trente mille foyers se retrouvent dans une situation digne du tiers-monde à quelques kilomètres des Grands Lacs – la plus grande réserve d'eau douce au monde.

Ceux qui n'ont pas de boulot et cherchent à survivre se transforment en pilleurs de cuivre, et les rues s'éteignent. Ceux qui sont contraints d'abandonner une maison dont ils ne peuvent plus payer les traites, mais qui ne vaut plus rien, y mettent le feu dans l'espoir de toucher l'assurance. Il suffit de poser la lampe de chevet sur la couette en synthétique, de partir en laissant la lumière allumée. Le chef du département des pompiers a fini par suggérer de les laisser brûler, parce que les interventions coûtent trop cher, et qu'il y en a trop. Une blague circule en ville : que la dernière personne à quitter Detroit éteigne la lumière. On dirait que c'est arrivé.

Eugène écrira dans son dernier rapport : Je ne sais pas pourquoi je vous raconte tout ça. On a l'impression par ici que ce qui se passe est une vision dérangeante, une des images de l'avenir. Et cependant, la vie continue.

Le parfum de la Catastrophe est dans l'air avec le cri des oiseaux.

Elle promène son museau dans la neige avec les chiens errants.

Sur le bras de rivière qui descend du lac, on a vu réapparaître les castors.

Il écrira : Ce soir-là lorsque j'ai suivi Candice chez elle, j'ai su que je ne construirais pas l'Intégral, mais que j'allais peut-être rencontrer quelqu'un. Cela n'a pas sauvé la ville bien sûr. Je ne suis pas un ange. On ne sauve pas une ville avec des gens mais avec des investisseurs, des usines, des projets et des taxes. Vous savez cela mieux que moi, mieux que personne. C'est le discours que vous servirez demain aux gouvernements, aux banquiers. Et pourtant, on ne peut pas la sauver sans les gens.

On croit qu'on est loin, mais en fait on était seul.

Mad Max

Charlie arrêta son chronomètre en passant la porte. Quarante-trois minutes et vingt-sept secondes, c'est le temps qu'ils avaient mis pour atteindre l'école depuis le point de rendez-vous au corridor de Packard. En comptant les pauses, précisa-t-il. Il observait le cadran, concentré comme si cela devait lui rappeler quelque chose, mais rien jusqu'à présent dans sa vie n'avait pris quarante-trois minutes et vingt-sept secondes. Strothers le regarda d'un air désolé. Les petites manies, ça a toujours un côté ridicule. Il s'apprêta à se moquer de lui. Il aurait pu lui arracher son chrono, ou l'étrangler avec, cela aurait pu être le moment de se montrer méchant, mais Gros Bill éclata de rire. Ce n'était pas encore l'heure de Stro. On n'en était qu'au début de l'histoire de Charlie et, s'il se doutait que sa grand-mère remuerait bientôt ciel et terre pour la retrouver, il ignorait tout de Max et de ses trafics, des gamins de la Zone et, dans le fond, de Strothers lui-même. Pour l'heure, il avait suivi Bill dans sa fugue parce que c'était son copain – et c'est à ça que servent les copains. Il n'avait aucune idée de ce qui les attendait.

Ils allumèrent leurs lampes de poche. Le hall retentissait du son de leurs voix à cause du carrelage en céramique sur le sol et les murs, et de tout l'espace vide qui renvoyait l'écho du moindre bruit, enveloppé d'une résonance froide. Il y avait des débris un peu partout autour d'eux, le plafond s'était largement écaillé et la peinture épaisse était tombée en morceaux, des plaques entières tordues, ondulées, répandues par terre au milieu de cailloux et de bouts de plâtre minuscules. Au-dessus du carrelage, des fissures dessinaient dans les murs des éclairs sombres dont la béance laissait apparaître des briques creuses. À part l'impression d'abandon et de saleté qui recouvrait le sol comme une poussière, tout était en place : les portemanteaux à hauteur d'enfant, qui arrivaient à peine à l'épaule de Bill, les bancs à peu près alignés, les plaques vissées au-dessus des portes qui occupaient chacune le centre d'un mur, « Administration », « Préau », « Salles ». C'étaient des portes vitrées en leur milieu, dans un verre dépoli. Celle donnant sur la cour, en face de l'entrée, était cassée. Les éclats au sol étaient amassés du côté de l'ouverture, le carrelage rayé en arc de cercle. Ils se turent, se dirigèrent sans parler vers le couloir qui menait aux salles de cours, guidés par Strothers qui leur fit signe de le suivre. Leurs pas crissaient dans les débris du sol, la terre séchée, les gravats légers. Le couloir était sombre. Le peu de lumière de la fin du jour au-dehors filtrait faiblement à travers les hublots des portes et les vitres surmontant le mur, coulait dans la pénombre encombrée de poussière comme à travers de l'eau. Elle en avait la couleur. C'était une lumière sale, plâtreuse et solide, d'un jaune malade. Leurs torches balayaient le sol jonché des restes des casiers presque tous ouverts. Des cahiers, des feuilles déchirées, par centaines, s'étalaient pêle-mêle avec des cadenas fracturés, des portes arrachées, des crayons et des stylos en plastique, des trousses défraîchies, des sacs vides, quelques blousons, le tout gisant dans la peinture écaillée, les bris de verre, des morceaux de faux plafonds en polystyrène. Il y avait comme un passage ménagé au milieu, la plupart de ce foutoir avait été repoussé contre les murs. Ils avançaient lentement.

Le long des murs, les faisceaux de leurs lampes surprenaient des affiches punaisées listant des numéros d'urgence, promouvant des associations de lutte contre la violence, des placards illustrés sur l'hygiène et la grippe, une feuille jaune annonçant la date de la prochaine réunion de parents d'élèves, il y a deux ans, une feuille verte indiquant le menu de la semaine. Sur un panneau de liège à moitié dévoré par l'humidité, des listes de noms, des horaires, des tableaux d'activités, basket, danse hip-hop, dessin, lecture, gymnastique.

Ils s'étaient mis à chuchoter. L'atmosphère délaissée des lieux, les quelques traces de vie qu'on y décelait encore, faisaient plus penser à un jeu vidéo d'horreur qu'à une chasse au trésor. Cela n'invitait pas spécialement à la déconnade. Même Stro n'avait pas l'air rassuré. Chacun gardait sa planche de skate bien serrée contre lui.

— Ils sont où, la bande que tu connais ?

— Ils viennent le soir. Roberts est peut-être déjà là – c'est leur chef. Max Roberts, mais il veut qu'on l'appelle Max. Il a pris le couloir de l'administration. Nous, on dormira dans une salle de cours, là où on trouvera de la place.

En disant cela il poussa la porte d'une classe qui était restée entrouverte. Il regarda à l'intérieur en la balayant de sa lampe, avant d'entrer. Il reprit d'une voix plus assurée, Voilà ! C'est pas cool, ça ? Les deux autres s'arrêtèrent sur le seuil, sidérés, alors qu'il se promenait déjà sur l'estrade.

Les bureaux des enfants et leurs chaises avaient été poussés contre le mur côté fenêtre, empilés pour prendre moins de place. Certains avaient été désossés pour fournir des planches aux endroits où il manquait un carreau. Celui du professeur était toujours devant le tableau, simplement déplacé dans un coin, retourné pour laisser accès aux tiroirs, le plateau encombré de bougies, de bouteilles de bière et de sodas comme un buffet improvisé. Au milieu de la salle, des matelas entassés et des sacs de couchage, des couvertures roulées en boule occupaient la moitié de l'espace laissé vacant par les tables. Le sol avait été balayé. Quelques sacs à dos avaient été jetés dans un coin. Une guitare, appuyée contre le mur du couloir. Un caddie de supérette, à côté des tables et des chaises empilées, rempli de packs de bières, de sacs-poubelles et de divers objets non identifiables. Des bidons et des jerricanes sans étiquette, alignés au fond. Les lampes torches découvraient par morceaux les éléments de ce décor comme si elles les surprenaient dans leur sommeil. Bill et Charlie passaient de l'un à l'autre rapidement, assez peu rassurés, assez peu désireux de les réveiller. Une batterie de voiture et des câbles. Un réchaud à gaz. Un pied-de-biche et divers outils dans une caisse en bois. Le tableau était entièrement décoré de tags superposés de différentes couleurs, ils recouvraient tout, jusqu'à rendre invisible la limite du tableau et du mur. Bon Dieu, mais ils sont combien ? Si toutes les classes sont comme celle-là, on peut mettre combien de gamins dans une école ?

Strothers, lui, reprenait confiance. Il plaquait sa lampe sous son menton pour se donner des allures de diable et arborait un sourire sauvage. Il ouvrit une bouteille de bière en verre en faisant sauter la capsule contre le bord du bureau du prof. But une longue gorgée la tête jetée en arrière, rota bruyamment, ce qui les fit rire. Il sursauta pourtant lui aussi lorsque le tonnerre éclata tout près, accompagné d'un éclair long et aveuglant qui illumina la pièce quelques instants. L'atmosphère se rafraîchit tout d'un coup. Au lieu du déluge attendu, ce fut le début d'une longue tempête de neige. Des bruits se firent entendre dans l'école.

Des bruits de pas nombreux. Des cris et des cavalcades. Des chaises qu'on bouscule, des portes claquées. Une voiture. Tout cela venait du hall et de la cour, de l'autre côté.

Lorsqu'ils ressortirent à la hâte dans le couloir, Strothers leur fila à chacun une bouteille de bière. C'est parti ! Ils se pressèrent vers l'entrée. Bill tapa Charlie dans le dos et le gratifia d'un large sourire, puis il tapa sur l'épaule de Stro et ils se mirent à rigoler en avançant. C'est parti, Stro ! Putain, quand on va raconter ça aux copains !

Il y avait des gamins partout. Un bon nombre étaient plus âgés qu'eux, mais pas de beaucoup. Ça courait dans tous les coins,

194

on aurait dit la récré du midi. Ils arrivaient du gymnase qui faisait un coude avec l'école, de la cantine qui lui faisait face, certains de la prairie qu'ils avaient traversée à toute vitesse, les cheveux et les épaules déjà pleins de gros flocons blancs. Tout le monde s'activait, convergeait sous le préau qui s'étirait en U le long des bâtiments.

Au milieu de l'ancienne cour de l'école, un énorme Cadillac Escalade muni d'une rampe de projecteurs sur le toit éclairait le bâtiment comme en plein jour.

Bientôt des feux s'allumèrent dans des fûts remplis de kérosène placés tous les trois ou quatre mètres. Il y avait – combien, Stro ? À vue de nez, peut-être soixante ou cent gamins – peut-être plus, c'est difficile de compter les grands nombres. Charlie essaie d'imaginer des classes, se souvient des jours où tous les élèves étaient alignés en rangs dans la cour de son école, chacun avec son maître ou sa maîtresse. Trois classes, c'est sûr – au moins. Mais ici tout le monde s'agite et personne n'est rangé. Il n'y a presque pas de filles. Les gamins portent pour la plupart des vêtements visiblement récupérés, sales et trop grands, des parkas et des blousons dans le style militaire, ou en cuir usé, des écharpes dont ils se couvrent la tête, des jeans maculés de terre et de taches plus douteuses.

Il n'y a aucun adulte. Pas de tête à crack ni de squatteur puant. Seulement Max, c'est lui qui descend à cet instant de la voiture, aussitôt entouré par les ados les plus âgés de la bande qui viennent le saluer comme si c'était le président des États-Unis. Un type pas si grand que ça, pas si bien habillé, pas tout jeune, avec les cheveux défrisés et plaqués au gel ou à la brillantine comme un chanteur d'avant.

Les trois amis restent immobiles alors que déjà tout le monde s'est remis à bouger autour d'eux. La porte du gymnase, grande ouverte, laisse voir un énorme camion désossé dont le moteur, relié à des dizaines de batteries montées en série sur son plateau nu, se met à toussoter, fournissant l'électricité à des lampes qui s'éclairent soudain dans les salles et les couloirs des bâtiments. Ceux qui avaient rejoint Max au centre de la cour crient des ordres et tous les autres se mettent en branle, se dispersent joyeusement. On reprend possession des lieux. On déménage du gymnase des caisses de boissons et des palettes de bouteilles d'eau, des fûts, d'énormes boîtes de conserve qu'on achemine vers les commensaux. Partout des rires et des exclamations accompagnent ce désordre enthousiaste. Certains entament plus loin à la frontière de la nuit une bataille de boules de neige. Il n'y a bientôt plus qu'eux trois encore immobiles, médusés. Bill sourit comme s'il avait vu les anges. Charlie, un peu effrayé, ne le montre pas, serre sa

planche de skate contre lui, reste un pas derrière les deux autres. Rien qu'à les regarder,
avec leurs vêtements de demi-saison et leurs
baskets à peine usées, on voit bien qu'ils
ne sont pas d'ici. La petite bande. Partout
autour d'eux une grande fête se prépare.

Max s'approche.

— Alors, présente-moi tes deux amis,
Strothers.

Et quelque chose se noue dans le ventre
de Charlie. L'impression, sans le formuler
clairement, d'avoir été piégé se mêle à l'excitation de l'aventure.

Un moment doux

Il y a une expression en anglais pour dire qu'on coupe les liens qui nous relient à un passé gênant : on dit qu'on coupe les bouts qui pendent. L'image est celle du paquet-cadeau. On fait le nœud, on coupe les rubans qui dépassent. C'est ce que Candice avait fait. Elle avait travaillé comme simple serveuse puis barmaid dans une des boîtes de strip où Max Roberts avait des parts et des filles. Elle l'avait rencontré là, ainsi que Framboise. Elles étaient devenues amies.

La fille était brillante. Elle avait un don de Dieu : elle n'était pas seulement jeune et belle, elle avait du style. Elle voulait vivre vite, elle avait décidé de prendre des raccourcis. Si on avait été à Hollywood et pas à Motor City, Framboise aurait terminé en haut de l'affiche et pas dans la rubrique criminelle du journal local. Elle n'avait pas mis longtemps à comprendre comment elle pouvait se servir de Roberts et, en moins de deux ans, elle volait de ses propres ailes. Elle avait commencé avec le carnet d'adresses de Max, mais de proche en proche le sien s'était vite étoffé, avait largement dépassé le cercle de petits patrons qu'il fréquentait, des caïds locaux qui régnaient sur des baraques à crack disséminées en ville comme si c'était une chaîne d'épiceries. À chaque fois que l'un d'eux la sortait elle se faisait avaler par un poisson plus gros à qui ils ne pouvaient rien refuser, qui lorgnait sur son décolleté et ses chaussures hors de prix. Elle prenait son petit air de j'y-peux-rien – je suis désolée mon grand –, et elle remontait la chaîne alimentaire de la pègre encore d'un cran jusqu'à atteindre les sommets des affaires et de la politique. Elle changeait de portable plus souvent qu'un dealer. Elle roulait dans une BMW à soixante-dix mille dollars. C'était un genre de star, Framboise. Elle était de toutes les soirées en talons hauts de la ville. Elle y était arrivée. Elle n'avait pas gravi les échelons, elle les avait avalés comme une fusée. Décollage vertical. Pas de parachute.

Au sommet, sa route a croisé celle du maire. C'est ce que la rumeur raconte. Ce que la rumeur ne dit pas, c'est que Candice était là, comme serveuse en extra embauchée par le bar qui fournissait le cocktail.

Elle ne l'a pas dit à Eugène. Elle ne savait rien de ce qu'était devenu Max. Ignorait tout des gamins, de la Zone, n'avait pas envie de savoir. Il avait fini par s'endormir.

Il avait parlé toute la nuit, avec son accent épouvantable et drôle, de ses problèmes d'entreprise, de la crise de l'automobile et de tout un tas de choses qu'elle avait déjà oubliées sur la façon de construire une voiture et Dieu sait quelle plateforme intégrale qui ne verrait finalement pas le jour à Detroit mais, plus certainement, quelque part en Chine, dans une ville dont il avait oublié le nom. Il ne pleurait pas sur son sort, lui racontait tout cela comme s'il lui expliquait quelque chose qu'il venait de comprendre. Il s'animait. Il disait :

— Après la guerre nous avons produit beaucoup de richesses par le travail, tout le monde travaillait, ici et en Europe, c'était une période faste. Puis il y a eu la crise, en Angleterre, en France, Thatcher et Mitterrand ont cru qu'on s'en sortirait par une course en avant. La City, le CAC 40, c'était l'époque où on a demandé à la finance de prendre le relais, et dans un sens ça a marché, mais ça n'a enrichi que les banques. Il n'y a plus de patrons, plus que des actionnaires. Et quand les gens qui travaillent n'ont plus produit suffisamment de richesses pour leur appétit démesuré, ils ont joué les joueurs de flûte, ils sont partis avec le travail, en Chine. Tu sais j'y suis allé, en Chine, mais ça n'a pas marché pour moi, je n'ai pas réussi.

— Les joueurs de flûte ?

— C'est un vieux conte. Les habitants d'une ville infestée par les rats font venir un joueur de flûte enchantée. Ils lui promettent des richesses extraordinaires pour les débarrasser des rats. Mais ensuite, ils ne veulent pas le payer, ils ne peuvent pas, ils avaient menti. Alors le joueur de flûte entame un autre air et il part ailleurs, suivi de tous les enfants de la ville, charmés par sa musique. C'est sa vengeance.

Peu à peu Eugène avait arrêté de parler de son boulot. C'était un homme étonnant, timide et gai à la fois. Il ne cherchait pas à profiter de la situation. Il était installé sur son canapé, à côté d'elle, ils buvaient lentement de petits verres de bourbon vanillé. Sa voix était douce. Il n'eut aucun geste déplacé, au contraire il se tenait là comme si tout était normal, comme s'il y avait déjà une forme d'intimité entre eux, ce qui était à la fois rassurant et un peu étrange. Il lui souriait. Il semblait heureux. Et Candice retrouva son rire. Elle se demanda plusieurs fois ce qu'elle pensait de cet homme, ce qu'elle en pensait vraiment et ce qu'elle en penserait demain, si elle se laisserait séduire, si elle le reverrait. Elle se demanda pourquoi elle l'avait ramené chez elle si légèrement – ce n'était pas son genre mais elle ne le regrettait pas. Le cendrier se remplissait et sa voix se cassait encore un peu plus, déraillait parfois, plus fragile, plus naturelle.

Ils avaient joué à « ici et là ». C'est un jeu auquel on joue toujours avec les étrangers. Par exemple ici, en Amérique, le centre-ville est pauvre et la banlieue est riche. C'est à cause des autoroutes, dit-elle. Là-bas, en Europe, c'est le contraire.

Ici, on achète tout à crédit, quand tu veux prendre un prêt à la banque ils regardent d'abord si tu honores toutes les cartes de crédit que tu as déjà. Là-bas, c'est le contraire, si tu as trop de crédits c'est que tu n'as pas assez d'argent, on refuse de te prêter davantage. Ça n'empêche pas d'être pauvre, dit-il.

Ici, au restaurant, c'est bien vu de demander à emporter ce qui reste de ton assiette, ça veut dire que c'est bon, que tu ne veux pas gâcher. Là-bas, ça fait radin.

Là-bas vous êtes snobs, dit-elle en riant.

Ici, on mange tout le temps, pas forcément beaucoup, on grignote des trucs, en famille chacun se fait son sandwich le soir. Là-bas on se met à table et on parle de nourriture en mangeant. C'est sacré, la bouffe, dit-il, j'ai ramené de la charcuterie de France, en contrebande, il m'en reste un peu. Vous ne pouvez pas vous empêcher de tricher, dit-elle.

En amour aussi, n'est-ce pas ? Les hommes de pouvoir, là-bas, sont des pervers – mais là-bas, on dit séducteur. Ici, c'est un compor-

203

tement machiste. Là-bas, on dit galant, au pire libertin, c'est la version XVIIIe siècle – tu vois que vous êtes snobs.

Cela dit, ici tu n'aurais pas dû m'inviter chez toi alors que nous venons de nous rencontrer, dit-il, je croyais qu'il fallait plusieurs rendez-vous dans des lieux publics, et tout un parcours compliqué – mais tu n'as pas essayé d'en profiter comme là-bas.

Ils étaient proches. C'était ce que là-bas on aurait appelé d'un mot d'ici – un *flirt*.

Ils s'étaient frôlés plusieurs fois en s'asseyant plus confortablement, en se calant contre les coussins du canapé, en se passant un verre, en profitant d'un rire pour se pousser du coude ou se toucher le bras. Le genre de geste dont vous avez pleinement conscience sans trop savoir si l'autre l'a perçu, s'il l'a senti comme vous. Et c'est cette imagination qui vous remplit de plaisir. Cet espoir qu'il y a sous les mots, derrière les attitudes, *quelque chose*. Sans savoir trop quoi. Sans vouloir trop en faire ou en dire, ne pas se trahir puisque le plaisir est là, dans un secret silencieux dont vous ignorez vous-même s'il n'est pas qu'un rêve. Un peu comme on cherche, le matin, à ne pas se réveiller d'un coup. C'était un moment doux. Et puis il s'était endormi.

Il avait glissé lentement, la tête déjà penchée sur son épaule, et Candice l'avait couché sur ses genoux. Il n'était pas bien épais. Les traits fins, pas le type athlétique, mais plutôt joli garçon. L'air étranger. Ici, on ne s'endort pas comme ça, chez une inconnue. Il n'avait même pas essayé de l'embrasser.

Oh, Dieu, se dit-elle, qu'est-ce qui m'a pris de ramener ce type à la maison ? Comme si elle n'avait pas assez de problèmes comme ça, à tenter de se faire oublier.

Elle sourit en lui caressant les cheveux le plus légèrement qu'elle put, avant de poser son bras sur son épaule, de laisser sa main glisser près de son cou. Ferma les yeux à son tour. Et si c'était une sorte de cadeau ? L'occasion de couper définitivement les rubans du passé.

Donut City

Si le lieutenant Brown avait été un de ces intellectuels à gros bras qu'on voit dans les séries télévisées portant des casquettes FBI, sans doute aurait-il vite découvert le nom du gamin. Il aurait rencontré ses parents en larmes ne comprenant pas ce qui avait bien pu se passer sur le chemin de l'école. Il leur aurait promis qu'il mettrait la main sur le meurtrier – il aurait dit le monstre – et il aurait exhorté toute son équipe à plancher sur le coup. Ils auraient retrouvé l'arme du crime dans une banque de données balistiques et les empreintes de Roberts dans un fichier fédéral, auraient examiné ses transactions bancaires en piratant ses comptes et localisé son portable grâce à un nouvel algorithme de triangulation du signal GPS. Ils auraient investi la Zone en tenue de combat du SWAT, casques d'assaut, gilets tactiques, fusils à pompe semi-automatiques et lunettes de soleil. Ils l'auraient sans doute abattu.

Les parents auraient pleuré de reconnaissance devant cette manifestation de justice immanente.

Mais les dossiers s'accumulaient dans les boîtes en carton de son living-room et ses nuits ne suffisaient plus à les classer. Copper Canyon sous la neige ressemblait à une ville fantôme, un décor de science-fiction laissé à l'abandon au milieu d'un désert, une fois le film achevé.

Brown disait : « Si la ville continue de se vider, elle va bientôt ressembler à un donut. »

En fait, elle était en train de faire faillite, purement et simplement. Sur la sellette de la justice fédérale et des médias, la municipalité dévoilait tous les jours de nouvelles dettes astronomiques. Les écoles, les commissariats, les hôpitaux et les casernes de pompiers fermaient, ce qui encourageait les gens à fuir. L'entretien des réseaux d'eau et d'électricité devenait difficile. Dans les quartiers du sud proches de la rivière, les égouts refluaient dans la rue. Le gel précoce n'arrangeait rien.

Ses bottes remplies de papier journal séchaient sous le radiateur de la salle de bains au milieu d'une petite flaque, comme si elles s'étaient pissé dessus.

Le café devant lequel il arrêtait parfois sa voiture le matin, à deux pas du commissariat, ne servait plus de verre d'eau froide, uniquement du café bouilli. Le patron avait été obligé de se brancher sur la bouche d'incendie la plus proche à l'aide de tuyaux de caoutchouc et de joints rafistolés à la colle et au téflon, avec la bénédiction de la compagnie de l'eau et des égouts. Ils avaient coupé l'alimentation pour intervenir sur une canalisation principale, un peu plus loin, mais les travaux duraient depuis deux mois parce qu'un immeuble abandonné menaçait de s'écrouler sous les vibrations des pelleteuses. C'étaient eux qui avaient proposé aux quelques habitants et commerces de cette rue du centre-ville la solution du branchement pirate, faute de pouvoir régler le problème. La sécurisation de l'immeuble allait leur coûter plusieurs centaines de milliers de dollars, que bien sûr ils n'avaient pas.

Brown se pencha sur les cartons comme chaque nuit. Il avait accroché la photo du gamin sur son ordinateur à l'aide d'un bout de scotch et, régulièrement, il contrôlait le visage blanchi par le gel, essayait d'évaluer la ressemblance avec une nouvelle photo sur un dossier.

C'était pitoyable. On ne devrait pas avoir à décrire ce genre de scène, le lieutenant Brown chez lui, en tricot de corps après ses trois bières, son mug de café noir fumant sur son bureau, et lui fronçant les sourcils, plissant les yeux, relevant les pommettes et le menton dans un rictus, allongeant le cou, sachant d'avance que c'était peine perdue, qu'il comptait sur la chance, que ce serait un miracle de tomber sur le bon carton, sur le bon dossier, sur la bonne photo, sur le bon gamin.

C'était sûrement un bon gamin.

Brown n'a pas reçu de directives précises sur le classement des fiches du Precinct 13. Pour l'instant elles sont rangées par ordre chronologique du dépôt de plainte, mais il serait plus judicieux de les reclasser selon l'âge des enfants. Ou alors selon la zone géographique, quoique par définition ils ne devraient pas réapparaître là où ils ont disparu – s'ils n'avaient pas bougé on ne les aurait pas perdus. C'est un travail de titan, il mettra sans doute plusieurs mois à venir à bout des fiches et, pendant ce temps-là, d'autres s'accumulent tous les soirs même si, comme il n'y a plus de commissariat central des mineurs, il ne le sait que lorsqu'un collègue comme Watts pense à le prévenir.

Et Brown patine, Brown ressasse. Il s'obstine.

Je n'ai pas retrouvé le nom du gamin de l'autre soir et je ne pense pas que je le retrouverai. Je vais ranger sa photo dans le carton que j'ai ajouté aux autres, celui où je les mets quand je ne parviens pas à les identifier, celui où les inconnus découverts s'additionnent aux disparus signalés. Au lieu de résoudre une affaire, ça en fait une de plus. Je vais lui faire une fiche. À la morgue du comté et dans les rapports de police on les appelle John Doe lorsqu'on ne connaît pas leur nom. John Doe c'est le nom des anonymes. C'est juste une convention, on aurait pu choisir n'importe quel autre nom ça n'aurait pas eu d'importance. Une rose sentirait bon quel que soit l'autre nom qu'on lui donnerait, n'est-ce pas Juliet ? Quelle drôle d'idée, une rose.

Brown revoit passer le souvenir d'une tache rouge dans la neige.

Il faudra que je retourne dans ce coin, que je tâche de découvrir d'où il venait. C'était un endroit étrange. Je n'en connaissais pas encore de semblable en ville. Aussi loin que portaient les phares de nos voitures, il n'y avait rien. Une sorte de prairie en pente douce, une satanée prairie, je ne pensais pas qu'on en arriverait là. Il faut que je retourne là-bas parce que les endroits comme celui-là sont des signes de la Catastrophe. Des lieux où l'on voit ce qui se passe. Le cœur du donut. Je ne trouverai plus de traces à cause de la neige, mais le lieu me parlera peut-être.

Les gamins, c'est l'avenir, c'est ce qu'on dit comme une évidence puisqu'ils nous survivront, mais trop de gens ici n'en ont plus, d'avenir. Des usines à l'abandon, des buildings à l'abandon, des maisons à l'abandon et maintenant des prairies entières en guise de paysage, à quand des champs de pommes de terre – qui sait ? Plus personne ne pourrait dire de quoi demain sera fait. Il n'y a plus d'avenir, alors peut-être est-ce normal qu'il n'y ait plus d'enfants.

Il neige depuis plus d'un mois et mon enquête n'avance pas. La ville devient silencieuse. Elle s'engourdit. Les rues se vident. On dirait qu'il n'y a plus de bruit, que tout le monde est parti. Le froid fait refluer les blaireaux dans leurs terriers et les chiens s'enragent à survivre. Que faisaient ces pitbulls en pleine nature ? D'ordinaire, les chiens errants restent près des habitations, ils se nourrissent dans les poubelles par habitude.

Brown déplie sur son bureau une carte de la ville, cherche la rue au nord-est de l'ancienne usine Packard, la souligne d'un trait de marqueur rouge. Un peu partout sur son plan des zones hachurées, des noms de rue entourés signalent les ruines et les trous noirs de Detroit, tous les endroits qui échappent aux radars de la police parce qu'elle n'y fait plus de rondes, qu'il n'y a plus rien.

Et cependant tous ces gamins sont bien passés quelque part.

L'avenir, même quand il n'y en a plus, il faut bien qu'il arrive.

La clim en hiver

La neige ne s'était pas arrêtée. Il en était tombé dix, puis vingt, puis cinquante centimètres. Elle parvenait encore à fondre, cependant, sur les plaques d'égouts, les sorties des climatiseurs et les manchons d'évacuation du réseau de chauffage des immeubles qui crachaient dans les rues, tous les dix mètres, des nuages gris pâle. Tout le centre-ville était alimenté et chauffé par la production de vapeur d'un énorme incinérateur de déchets situé en bord de rivière. À certains endroits, autour des usines et des buildings à bureaux, il fallait ralentir et allumer les pleins phares pour voir le marquage au sol sur la route défoncée où planait ce brouillard épais. Les feux de signalisation, suspendus en hauteur au milieu des avenues, formaient des halos verts ou rouges. On aurait dit les sémaphores vacillants et lointains de quelque port perdu dans les brumes. Eugène ne quittait plus sa parka canadienne doublée de laine polaire, dont il rabattait la capuche ourlée de longs poils blonds. Il avait complété sa tenue par des gants de ski et un bonnet court de marin, des bottes fourrées en lapin synthétique, le tout jeté dans un sac de sport, à l'arrière de sa voiture, pour le cas où il faudrait en sortir, ce qui ne se produisait presque jamais. À l'intérieur des bâtiments, il faisait vingt-cinq degrés. Tout le monde était en bras de chemise.

Jusqu'à ce matin où, s'apprêtant à enlever sa parka pour la suspendre derrière la porte du bureau, il s'arrêta, stupéfait. L'eau en train de refroidir dans la bouilloire du matin fumait, comme les mugs de café que les quelques collègues déjà présents tenaient des deux mains, près de la bouche, les épaules en dedans, dans une attitude crispée par le froid, en pull-over, en blouson. Il jeta un coup d'œil à la pendule accrochée près de la porte mais elle indiquait l'heure, pas la température. Il souffla devant lui, la bouche en rond, un petit cône de vapeur vite dissipé. La clim était tombée en panne, elle n'aurait pas fonctionné bien longtemps.

Patrick, qu'il appela aussitôt, apparut seulement en fin de matinée, autour de midi, ce qui n'était pas un bon calcul de sa part. D'habitude, le temps faisait disparaître opportunément le caractère urgent des situations qu'on lui demandait de régler. Dans le meilleur des cas, on trouvait des solutions avant même qu'il n'arrive, ce qui simplifiait considérablement sa tâche et lui permettait de se réjouir sincèrement, de son plus large sourire. Mais avec le froid, le temps ne faisait qu'empirer les choses. Toute l'équipe était réunie en salle de conférences, se tenait chaud en buvant du thé ou du café. Les ordinateurs ronronnaient gentiment mais chacun avait fini par renoncer à travailler, le bout des doigts engourdi de picotements qui ne passaient qu'en se lavant longuement les mains à l'eau très chaude. Hormis Eugène qui lui ouvrit la porte, personne ne prit la peine de lui serrer la main.

Patrick rougit comme à son habitude. Essaya de détourner l'attention en évoquant ses plaques sèches dans le cou et autour des yeux – ça ne s'arrangeait pas –, il les exhiba en enlevant son écharpe, en penchant la tête, tirant sur son col de chemise – c'était même pire avec le stress, dit-il en évoquant les problèmes du siège, la vague de licenciements qui s'annonçait, les caisses vides, même mon poste n'est pas garanti. Et disant cela il baissa les yeux pour ne pas voir que tout le monde s'en foutait, que peut-être même les gens échangeaient des regards entendus – méprisants.

Ses cheveux roux et fins, tirés dans leur catogan, avaient du mal à recouvrir, aux tempes et autour des oreilles, des zones douteuses, roses et blanches. Cela évoquait l'intimité obscène d'une muqueuse. C'était un truc qu'il devait cultiver un peu, son psoriasis, parce que la pitié que cela inspirait, même mélangée à une bonne dose de dégoût, était quand même la dernière chose qui empêchait de lui hurler tout bonnement dessus. Il disait « mon pso » avec une sorte de tendresse. Il ne finissait même plus ses mots. Eugène se tourna vers ses collègues qui le regardaient, consternés.

Pat tenta une blague. C'était encore une mauvaise idée, mais c'était bien sa façon de faire. Son humour était aussi pathétique que sa maladie de peau. Il dit quelque chose comme : Alors les gars, prêts pour la chasse à l'ours ? On n'avait pas dit samedi, plutôt ?

Eugène prit la parole avant qu'un des ingénieurs allemands ne l'attrape pour lui casser la gueule.

— Il faut régler ça, Patrick. On ne peut pas travailler.

— Il faudrait que tu m'envoies un mail pour que je fasse une demande… Un crédit, la réparation… Tu sais, la paperasse. Mais ça risque de prendre… Je sais pas si on a, en ce moment.

— Non, Patrick, tout de suite. Il faut réparer la clim tout de suite. Il faut appeler un électricien.

— C'est du chinois.

— Comment ça, c'est du chinois ? Je te dis qu'on peut pas travailler. Il faut appeler un réparateur.

— Oui, je comprends, mais le climatiseur... c'est un modèle chinois. On a les mêmes au bureau.

— C'est une marque américaine.

— Oui mais les pièces, à l'intérieur, elles sont chinoises. Ça se répare pas.

— Comment cela, ça ne se répare pas ?

— Déjà vu. C'est le compresseur qui ne s'enclenche plus. Mort. Même pas de court-circuit, sinon le fusible aurait... C'est la résistance CTN. Dessoudée... Ils ne savent pas souder, les Chinois.

— Tu es plombier, toi, maintenant ?

— On a eu plein de problèmes cet été, avec les mêmes.

— Alors il faut le remplacer.

— Je suis pas sûr que ça passera, niveau crédit. C'est du lourd. Le prix du bazar, et puis il faut un installateur. Le double, je dirais. Et puis le bureau a été équipé en une fois mais c'était pour une fois, tu vois, il n'y a pas de budget pour remplacer. C'est la merde.

— Mais tu comprends pas. On ne peut pas rester comme ça.

— Il a dû surchauffer. Il n'y a plus que vous dans la tour. Les faux plafonds, l'isolation. Vous chauffez l'immeuble.

— Il faut trouver une solution, Patrick. Ou alors nous reloger au siège.

— Oh non, ça, pas ça. Avec l'ambiance qu'il y a, la charrette. Mais on peut sans doute. Des petits convecteurs.

Il proposa de les amener au centre commercial, Eugène et un autre, l'Allemand qui ne desserrait pas les dents, pour acheter les radiateurs. Les premiers prix, des modèles en plastique avec un simple grillage en façade comme des grille-pain géants – chinois aussi, sans doute. Pat recommença à sourire, reprenant son rôle préféré, conduire en parlant des restaurants qu'il avait dégottés, de la beauté des Grands Lacs dont les rives allaient bientôt geler, de la migration des oies blanches du Canada. Le centre commercial était situé dans une banlieue lointaine, il faisait des démarques et des soldes sur le chauffage.

Au moment de passer en caisse, il rougit encore des plaques. Il avait oublié la carte de l'entreprise. Tergiversa, dansant d'un pied sur l'autre, Il faudra vraiment envoyer un mail – comment je vais me faire rembourser maintenant ? Lorsqu'il proposa de faire moitié-moitié, Eugène crut que son collègue, cette fois, allait fondre sur Patrick et lui cogner la tête sur le tapis roulant de la caisse jusqu'à ce que le caoutchouc prenne le moulage de ses dents. Il signa le reçu en se grattant le cou comme un petit singe que la captivité rend malade.

— Vous m'engueulez quand ça marche pas, et je vous aide, et je me fais engueuler par mes N+1 parce qu'on a plus d'argent pour vous, qu'ils veulent plus en entendre parler, putain je me fais engueuler par tout le monde.

On aurait dit un enfant.

Le lendemain, quelqu'un apporta un thermomètre. Ils prirent l'habitude de laisser les radiateurs chauffer pendant une heure à peu près, à sept heures du matin, en buvant des cafés brûlants dans la salle de conférences. Ils reprenaient leur poste quand on atteignait treize degrés dans la pièce. Comme une cave à vin, disait Eugène. Ils avaient acheté un grille-pain par poste de travail. Avec le radiateur placé sous le bureau, une couverture légère, un châle ou un blouson sur les épaules, c'était tenable. La table se réchauffait doucement. Les jambes étaient presque brûlantes. Les ordinateurs ronronnaient. Se déplacer dans la pièce, aller aux toilettes, par exemple, devenait une épreuve, mais on pouvait travailler.

Les jours raccourcissaient.

Le soir, on voyait des lumières étranges, fantomatiques, traverser la brume en provenance d'un bâtiment lointain, quelque part dans la Zone. Les collaborateurs d'Eugène, quittant le bureau, le plaisantaient à propos de « sa » Candice qu'il allait retrouver au bar, comme s'il s'était agi d'un amour de vacances. Il protestait en souriant – c'était une amie, son amie américaine. Ce n'étaient que des plaisanteries de bureau. Il était flatté qu'on lui prête une liaison avec elle alors qu'il ne s'était encore rien passé, et agacé qu'on ne prenne pas cette liaison au sérieux.

Dans le fond, tout le monde savait bien que leur présence ici était devenue douteuse. Leur travail inutile, absurde. Ils étaient semblables à ces groupes de soldats japonais abandonnés sur un îlot du Pacifique à la fin de la guerre, ignorants d'Hiroshima comme de l'armistice. Chaque jour, ils attendaient l'ordre de plier bagage, d'enterrer la mission et de rentrer en Europe, et l'ordre ne venait pas. Les chaînes de commandement, là-bas comme ici, avaient bien d'autres chats à fouetter. Si ça se trouvait, ils allaient passer l'hiver oubliés ici, sans que personne s'en aperçoive, à supporter le blizzard venu des lacs gelés et la neige qui s'accumulait en congères aux bords des rues, l'hiver et ses sons étouffés, ses bruits de pas crissants, sa nuit fantomatique.

Les rues désertes. Les coups de feu, les rares sirènes.

Lui, il avait Candice.

Ce n'était pas insensé après tout, de tomber amoureux, c'était même la seule chose à faire.

Le meilleur réveil de sa vie

Le premier réveil dans la Zone fut difficile. C'était la première fois, bien qu'il ait prétendu le contraire, que Charlie buvait de la bière. La première fois qu'il parlait de sa mère à des inconnus. Il n'avait d'ailleurs pas grand-chose à en raconter, si ce n'est qu'il ne l'avait, pour ainsi dire, pas connue. Que ce pull-over rose en laine, trop grand, brodé du logo de la marque fétiche des Anges, était la seule chose qu'il savait d'elle. Bizarrement, personne ne songea à se moquer de l'allure que cela lui donnait. Dans la Zone, ces questions semblaient ne plus avoir d'importance. La foule rapiécée des gamins provenait de tous les horizons de la ville et formait une sorte de fraternité d'orphelins joyeux, la dernière communauté d'Indiens des grandes plaines entre les Appalaches et les Rocheuses, dont Charlie était seulement un des plus jeunes membres – bienvenue, mon pote.

Gros Bill l'avait fait vomir en lui enfonçant deux doigts dans la bouche, penché au-dessus de lui, à quatre pattes dans la neige, avant de le ramener en titubant, à bout de bras, dans la salle où on leur avait fait une place et donné des couvertures. Pendant une bonne partie de la nuit, tandis que la musique et les cris continuaient de résonner dans les couloirs, il avait eu l'impression que le toit de la salle de classe s'était envolé. Une tempête tourbillonnante fondait sur lui comme s'il pleuvait des étoiles. Évidemment qu'il se sentait mal. Mais il ne pouvait s'empêcher de partir dans des fous rires étouffés que Bill stoppait d'un coup de coude dans les côtes.

Le réveil long et hésitant, le dos fourbu, les jambes faibles, le ventre frappé de vertiges et de souvenirs de hoquets douloureux, ce premier matin dans la Zone endormie, à marcher enveloppé dans sa couverture, giflé par le froid lorsqu'il fit quelques pas dehors, dans la cour, à chercher son cœur dans la neige alors qu'elle était encore grise, le soleil à peine levé quelque part derrière la colline, derrière l'ombre chinoise du vieux et grand sycomore sur l'écran du ciel pâlissant dans l'aube, oh bon Dieu, ce fut le meilleur réveil de sa vie.

Le 4 × 4 avait disparu.

Tout était silencieux, immobile. Il essaya d'allumer une cigarette – comment avait-elle atterri dans sa poche ? Il toussa et crut qu'il allait vomir de nouveau, mais son estomac ne fit que se contracter comme une petite pieuvre. Il sourit en la jetant dans la neige – pas trop vite mon vieux.

Les cuisines et la salle de réfectoire étaient encombrées des restes de la fête : des canettes par centaines, de soda et de bière, des grands saladiers en inox parfois encore à moitié remplis de pommes de terre ou d'ailes de poulet, des assiettes oubliées sur les tables et d'autres empilées façon tour de Pise sur le comptoir de l'ancien self-service. Un ballon de foot flottait dans une bassine. Tout cela débordait dans la cour par la double porte demeurée ouverte, en une coulée d'ustensiles et de détritus, comme si la cantine avait vomi. Quelques corps endormis traînaient contre les murs, roulés dans leurs blousons. De la boue, de la neige par terre, partout, transformée en givre par la nuit, en train de fondre gentiment en répandant ses traînées et ses coulées marronnasses, dessinant des empreintes au milieu de longues traces de glissades et de chutes.

Peu à peu les souvenirs de la nuit revenaient comme des images de rêves, lorsqu'on doit faire un effort pour se reconnaître. On sait que c'est nous, mais ça ne nous ressemble pas. Il continua de se promener seul un moment. Où était passé Stro ?

Le ciel s'éclaircissait, blanc, puis bleu pâle au-dessus de la colline, sans un nuage, délavé par la tempête de la veille, le ciel annonçait une belle journée froide et, quand le soleil franchit la butte, la neige se mit à scintiller comme du verre.

Il avait bu des bières avec Bill et d'autres gamins à peu près de leur âge. Ils avaient dansé et ils étaient sortis, Charlie se souvenait d'avoir glissé plusieurs fois, patiné dans la neige – étalé comme Bambi sur son lac gelé, il se souvenait d'une partie de lancers, à exploser des boules de neige à la batte de base-ball. Les bouteilles de bière jetées vides dans un des feux allumés dans la cour, il s'en souvint en les revoyant dans les cendres, affaissées sur elles-mêmes, curieux galets de pâte verts ou blancs qui conservaient la mémoire d'un cul et d'un goulot émergeant de leurs bourrelets amollis. Charlie revoyait les joints qui circulaient, les ados installés en rond autour d'un fût de fioul – est-ce qu'il avait essayé d'en fumer ?

Il avait certainement essayé mais ils s'étaient foutu de lui, c'est ça – t'es trop jeune mon frère –, et Bill l'avait récupéré alors qu'il cherchait à se battre avec un grand couillon hilare, au milieu d'un groupe de trois ou quatre qui lançaient les paris. Il revoit des rires pleins de dents, des yeux méchants plissés qui brillent.

Il y avait eu la dégueulade, la fin de soirée comme sur le pont d'un bateau, sous une mer à l'envers où flottaient des étoiles. Bill

224

était là, ne l'avait pas lâché, mais Stro ? Où était passé Stro ?

Charlie eut un haut-le-cœur. Il faudrait manger quelque chose. Ça commençait à s'agiter à l'intérieur des bâtiments.

À la lumière du jour, l'école n'était plus si mystérieuse que dans le crépuscule, elle avait perdu de sa superbe nocturne aussi. Les fûts rouillés fumaient misérablement. L'édifice était lézardé, des plaques entières de crépi s'effritaient comme une lèpre sur un squelette de parpaings tachés par l'humidité. À certains endroits les toits étaient repris par des bâches goudronnées faisant la jointure entre les pans de tôle, comme un vieux jean. Dépourvus de gouttières, ils laissaient couler la neige qui fondait en une myriade de filets d'eau, on eût dit que la bâtisse fuyait par le haut. La plupart des fenêtres avaient été remplacées par des planches cloutées du dedans.

D'autres gamins sortirent, au ralenti. D'abord les ados, les plus grands, accompagnés de certains dont les visages lui disaient quelque chose, sans trop se rappeler précisément quoi. Charlie pensa aux traînards, aux zombies, aux têtes à crack – ils avaient de ces gueules ! Ils ne firent même pas attention à lui. C'était l'heure où quelques-uns prenaient la direction de la ville à travers la prairie des Indiens. Parkas noires et bonnets vissés sur la tête, avec les plus jeunes autour d'eux qui s'agitaient, qui tentaient de gagner leur place, feraient sans doute les guetteurs aux coins des rues. Certains d'entre nous bossent pour Max, avait dit Strothers – il avait dit *nous*. Charlie revoyait les silhouettes de la nuit, des gars qui se tiennent à l'écart et s'échangent des trucs, il ne savait pas quoi, de l'argent, de la drogue, des trucs. D'autres rentrèrent dans le gymnase, ouvrirent la porte coulissante en grand, démarrèrent le camion dont le plateau était rempli de batteries récupérées branchées sur un onduleur de chantier pour fournir du courant. Le gymnase faisait office d'atelier de réparation. Une autre façon de travailler pour Max. Une sorte d'usine du tiers-monde, une usine pour enfants, pour jouer à travailler pendant les grandes vacances. Mais vous n'êtes pas obligés, avait dit Stro. Où était-il passé, celui-là ?

C'est Bill qui posa la question lorsqu'il sortit et rejoignit Charlie dans la cour. Bill était hilare – putain, t'as l'air de quoi, mon frère, avec ta couverture sur les épaules comme une espèce de réfugié ! Il aurait dû dormir avec eux et il n'y avait personne dans son duvet ce matin.

— Je crois qu'il est parti avec ce type, Max.

C'était sorti comme ça, d'une voix automatique. Charlie avait retrouvé une image confuse qu'il cherchait depuis son réveil.

Une image, comme un souvenir lointain, de Stro qui rentre dans le 4 × 4, qui ne répond pas à son signe de la main.

— Il nous a bien eus, Stro. Tu parles, qu'il connaissait un endroit.

— T'inquiète pas, mon frère, on est tous les deux, non ? Viens, on va explorer un peu.

Bill se mit à courir et à faire des glissades spectaculaires dans la neige brillante qui commençait à fondre dans la cour, et Charlie le suivit en abandonnant sa couverture par terre. Ça crissait sous leurs pas comme du polystyrène, ça giclait en fontaines de gouttelettes étincelantes sur plusieurs mètres autour d'eux quand ils glissaient en prenant des poses de surfeurs, les bras bien écartés, le buste penché en avant, tout prêts à décoller sur des vagues de diamants. C'était le bonheur et la liberté – après tout. Bill avait des réserves de rires un peu éraillés pour lutter contre la gueule de bois. Il criait :

— C'est Detroit, mon pote. Un putain de terrain vague. Un putain de terrain de jeux.

Dieu est parti

Georgia est vieille, elle est fatiguée, elle ne sait plus quoi faire pour que le temps passe. Elle se réveille au milieu de la nuit, ne parvient pas à se rendormir. Elle fait le ménage mais il n'y a pas grand-chose à nettoyer dans la maison depuis que Charlie n'est plus là, elle passe le chiffon sur les meubles qu'elle a déjà lustrés deux fois cette semaine, elle range, elle ouvre les tiroirs du buffet, on dirait qu'elle compte les assiettes, elle ouvre les tiroirs dans sa chambre, des heures durant elle peut regarder les vieilles photos, les paquets de lettres entourés d'une ficelle, les photos des albums, les photos dans les boîtes en carton avec les cartes postales, les photos dans des enveloppes qu'elle ne triera pas finalement, mais qu'elle observe comme si ces images du passé devaient lui parler, lui expliquer gentiment ce qui a bien pu arriver. D'ailleurs elle ne les regarde pas vraiment, elle fait semblant de les ranger.

Elle évite de sortir.

Elle a encore maigri. Mais elle ne pleure plus.

Quand elle va encore à l'épicerie sur Gratiot, le patron l'appelle par son prénom, lui demande si ça va. Elle doit avoir l'air d'une folle. Elle ne lui a pas dit que Charlie avait disparu, elle ne le connaît pas si bien que ça, le patron de l'épicerie. Pourtant ça doit se savoir dans le quartier. Tout se sait. Il n'y a plus tant de gens que ça et ils sont tous un peu isolés, alors ils se serrent les coudes, ils tondent la pelouse des maisons abandonnées, celles des familles parties comme les parents de Bo et de Ritchie en banlieue, peut-être du côté de Macomb, elle ne se souvient plus. À quoi bon ? Ce n'est pas de pitié qu'elle a besoin, c'est d'espoir. Tous ces gens ne servent à rien. Les photos non plus.

Elle ne sort que celles de Charlie, pas de sa mère. Elle est partie quand il était encore bébé. Ça fait combien de temps, maintenant ? Ça fait combien de temps, douze ans d'attente et de désespoir, ça vaut combien de siècles de purgatoire ? Sa fille n'a jamais appelé pour savoir comment le petit allait, n'a jamais donné de ses nouvelles. Une carte postale d'Alabama, une autre de Caroline du Sud, les deux premières années à Thanksgiving, et puis plus rien. Si ça se trouve elle était revenue à Detroit, depuis tout ce temps. Georgia n'arrive à imaginer que Detroit. Ou bien elle était morte – ici ou ailleurs, de remords ou d'overdose.

Elle ne l'avait jamais dit à Charlie, qu'elle avait reçu des cartes de sa mère, ni ce qu'elle avait de sa vie au moment où elle avait eu le petit, ni ce qu'elle pensait de son départ à vrai dire. Elle avait été une jeune fille modèle, elle avait même fait des études. Elle avait eu une vie rangée. Des garçons évidemment, il y en avait eu plusieurs. Et puis elle avait rencontré cette espèce de voyou, un drogué certainement, un type sans responsabilités. À cette époque, les filles comme elle jouaient leur avenir à la roulette russe, tout plutôt que de travailler à l'usine. Elle avait dû partir avec lui. Peut-être qu'au bout d'un temps, il l'avait mise sur le trottoir pour se payer leurs doses. Elle avait lu des histoires pareilles dans les journaux. Eight Miles était plein de filles comme ça. Dans le fond, maintenant, Georgia préfère qu'elle ne revienne pas. Autant ne pas y penser – c'est dur. Autant ne pas en parler. Le gamin n'avait jamais posé de questions sur son père.

Sur les photos Charlie a deux ans et il marche, il porte une drôle de salopette rouge vif par-dessus son pull-over rayé, à ses pieds on voit des bottines en cuir qui lui donnent un air un peu chic. Il a quatre ou cinq ans, un bonnet de laine et un manteau un peu trop grand, il joue dans la neige devant la maison, on voit celle des Jefferson en face, qui n'est plus là aujourd'hui. Il a dix ans et il pose en tenue de sport avec la médaille et le chronomètre qu'il vient de gagner au cross des écoles, cette photo-là elle va la sortir du tiroir, la coller avec un bout de scotch enroulé sur lui-même, dans le salon à côté des bibelots, au-dessus de la commode, là où il y en a déjà tant d'autres dont les coins se recourbent avec le temps. Il faudrait acheter des petits cadres. Et puis c'est trop triste.

Sur les photos il fait la tête, la grimace, il rit de toutes ses dents, et c'est autant de moments dont elle ne se souvient pas toujours précisément. Il est au zoo, dans le jardin, dans la rue avec son premier vélo, ça oui, l'année ce n'est pas sûr mais c'était un dimanche et il faisait beau, il y avait eu un vide-garage à la paroisse, il vient d'enlever les roulettes à l'arrière et c'est Georgia qui a bien failli tomber en le suivant en courant comme elle pouvait afin qu'il garde l'équilibre.

Georgia est vieille et ses journées sont longues. Elle va encore à la messe en voiture. Elle avait même trouvé une église dédiée à sainte Rita, beaucoup plus au nord, à l'angle d'East State Fair et de Cameron, c'est une autre paroissienne qui lui en avait parlé. Georgia prie souvent sainte Rita et Marie aussi, elle est catholique, c'est une religion où l'on peut s'adresser à des gens, de vrais gens comme elle, qui ont vécu et souffert, c'est important pour Georgia, elle ne saurait pas quoi dire à Dieu. Mais il semble que Rita ait perdu son combat contre les causes perdues, parce que lorsque Georgia est arrivée devant l'église, c'était devenu un temple baptiste qui n'ouvrait que le dimanche pour l'office de dix heures. Les autres bâtiments de brique rouge, le couvent et le presbytère étaient condamnés, les vitres cassées, les toitures abîmées, ils s'enfonçaient dans l'abandon qui précède la ruine. Dans le temple, plus de statues, plus de chapelle votive. Plus personne à qui s'en remettre, à qui parler.

Dieu, bien sûr, mais Dieu on dirait que lui aussi, il a quitté la ville. Georgia en est persuadée. Dieu est parti quand on s'est mis à installer des fontaines à soda dans des centres commerciaux géants, que tout le monde a eu la télévision en couleur, que les salles de bal se sont transformées en supermarchés de la drogue, qu'on a troué la ville avec pas moins de six autoroutes et qu'on a rasé les quartiers pour construire des casinos en plein centre. Dieu nous aime, c'est sa seule faiblesse, mais une bêtise aussi crasse, quand même, cela a dû le dégoûter.

Parfois, Georgia parle toute seule.

Elle fait ses comptes, elle se rappelle ce qu'elle a mangé la veille, elle parle à ses meubles, à ses murs. Les souvenirs, les choses les plus tristes elle les dit dans les tiroirs et puis elle les referme d'un coup sec.

Mi-décembre, cela faisait plus d'un mois que Charlie était parti lorsqu'elle s'est décidée enfin à se rendre au commissariat. Elle n'aurait pas vraiment su dire pourquoi elle ne l'avait pas encore fait. Le souvenir de son mari, tué par les mêmes policiers pendant les émeutes, il y a si longtemps, ou la conviction que cela ne changerait rien. Peut-être une peur confuse, le sentiment, grandissant chaque jour, qu'on le lui reprocherait – pourquoi n'avez-vous pas signalé sa disparition tout de suite ? Elle n'était pas allée au poste dès le lendemain parce qu'elle avait espéré qu'il rentrerait, elle avait pensé que ce n'était qu'une fugue passagère, il lui arrivait de sortir avec ses amis sans lui dire où ils allaient – bien sûr, ce n'est pas normal à douze ans, mais que voulez-vous que je fasse, les jeunes sont ainsi, je ne peux tout de même pas l'enfermer. Nos enfants sont devenus – cela n'a rien à voir avec l'amour qu'on leur porte – des sortes d'étrangers. Et cependant ce ne sont toujours que nos enfants et la jeunesse n'est qu'un mot. Il faut bien qu'on soit coupable de quelque chose pour qu'ils se conduisent ainsi.

Peu avant elle avait reçu une lettre de Ritchie, l'ami de Charlie dont les parents avaient déménagé en banlieue. Elle avait été postée des environs du collège où son père

234

l'amenait désormais tous les matins parce qu'il n'avait pas pu le changer d'établissement en cours d'année. Charlie n'était pas revenu. Le gosse s'en voulait lui aussi de n'avoir rien dit. Il ne savait toutefois pas grand-chose : le lieu du rendez-vous au corridor de Packard, le fait que Strothers connaissait un « endroit sûr » non loin, un peu plus au nord, qu'il appelait « la Zone ». Ritchie ne savait pas où exactement. Il n'y était jamais allé – mais peut-être que la police. Il était désolé.

Le lieutenant vers lequel on la conduisit, au poste, était presque aussi vieux qu'elle, pas loin de la retraite sans doute. Il se leva pour la saluer et ôta son chapeau. Il avait des manières d'autrefois. Une large poitrine qui faisait résonner sa voix abîmée par la cigarette, un accent traînant qui datait du temps où Detroit était la ville du Sud la plus au nord des États-Unis. Il ne lui reprocha rien, se contenta de l'écouter. Dieu sait ce qu'on aurait fait à leur place, dit-il, si nous avions grandi dans ce monde qu'on leur a fabriqué – ce n'est pas ainsi que nous avions imaginé les choses, n'est-ce pas – un monde de chômage et de pauvreté où il est plus facile de rentrer dans un gang que de trouver une place à l'usine. Charlie n'est pas dans un gang, c'est un bon gamin – j'en suis sûr, madame, ce n'est pas ce que je voulais dire. Il avait un regard doux et fatigué. Il lui sourit

– nous allons tout faire pour le retrouver, cependant. Cependant ?

Il fronça les sourcils, plaça sa main sur son avant-bras de l'autre côté de son bureau étroit, se pencha vers elle. Marqua une pause, cherchant ses mots. Resserra l'étreinte sur son bras comme s'il redoutait qu'elle se volatilisât quand il parlerait. Georgia eut un frisson.

— Madame, je ne pense pas que ce soit votre petit-fils, parce qu'il ne ressemble pas à la photo que vous m'avez apportée, même s'il n'a que huit ans dessus, mais vous devriez venir avec moi à la morgue du comté. Nous avons retrouvé le corps d'un enfant, il y a quelques jours, près de l'endroit que vous me décrivez.

Et en effet, s'il n'y avait pas eu cette main lourde sur son bras, ce regard doux planté dans le sien, Georgia aurait sans doute disparu tout simplement transportée directement en enfer. Au lieu de ça, elle eut simplement l'impression de se noyer comme si on avait retiré tout l'air de ses poumons d'un coup.

Elle résista au vertige, lui fit signe que oui, de la tête.

Pour la première fois

Les êtres qui vous émeuvent déplacent quelque chose en vous. Ils vous transforment, ils vous rendent meilleur. C'est ainsi que dans son rapport Eugène parle de Candice. Il ne parle pas directement d'elle parce que ce serait déplacé, ce ne serait pas compris par son N+1 mais, écrivant sur les modifications qui s'opérèrent en lui à cette époque où, sans abandonner son poste, il avait fini par ne plus y croire, c'est à elle qu'il pense.

Son rapport pourrait aussi bien être le roman d'une histoire d'amour, au temps des catastrophes.

Ou un essai sur le rire. Le rire rouge de Candice qui réchauffait l'hiver inhospitalier de Detroit et rendait la ville habitable.

Eugène se rendait au Dive In tous les soirs s'il le pouvait. Il y fit la connaissance grâce à elle de nombreux habitués qui travaillaient et vivaient encore là, des gens qui étaient parfois les seuls, de leur pâté de maisons vidé de ses commerces ou de leur rue, à être restés et qui n'en éprouvaient aucune nostalgie. Au contraire, il y avait chez eux une forme de fierté qui n'était pas sans rappeler le caractère des pionniers. C'est la devise de la ville après tout, S*peramus meliora, cineribus resurget* – « nous espérons des jours meilleurs et qu'elle resurgisse de ses cendres ». Il y a un gène américain et c'est celui de l'optimisme, de la conquête aussi. Il discutait avec eux, installé au comptoir du bar, il lui arriva même de danser, ce qu'il n'aurait fait pour rien au monde quelques mois auparavant. Mais il suffisait ici de descendre de son tabouret et de se laisser vaciller, de laisser son corps se détendre dans les vagues de cuivres et frissonner sur l'écume des cymbales, les jambes amollies et souples, avançant et reculant d'un pas au rythme d'un ressac électronique lancinant et languide, il suffisait au Dive In de se laisser couler dans l'été des corps heureux. Eugène ne voyait plus les bras pâles et velus qui lui faisaient autrefois honte, sa silhouette maigrichonne, légèrement voûtée, ses oreilles trop rondes, son nez trop droit, ses lèvres minces. C'était encore son corps, mais il n'avait plus de raison de se le cacher, d'éviter les miroirs. Un simple clin d'œil, à l'autre bout du comptoir, un baiser envoyé de la main, son rire qu'il croyait entendre, même du fond de la salle, même parfois lorsqu'il était seul dans la rue, le moindre signe d'elle, la moindre pensée d'elle gorgeait comme une éponge son cœur assoiffé. Il était ému, et l'amour grossissait dans sa poitrine.

Il apprenait lui aussi à n'avoir plus de nostalgie pour l'Entreprise, pour la carrière qu'il aurait pu y faire, pour le grand projet de l'Intégral qui refroidissait avec le café dans la salle de conférences du Treizième Bureau. Patrick et ses gesticulations bégayantes ne lui inspiraient plus que de la lassitude. Il se mit à fréquenter un Speed Shop clandestin pour retaper la Mustang qu'il avait achetée d'occasion, et s'aperçut avec effroi que tout son savoir d'ingénieur ne venait pas à bout des problèmes de tensions électriques, sur le démarreur, que des mains de mécano doué résolvaient en une heure. Il devint sensible au talent.

À tout ce qui était imprévu dans le système de Taylor.

Il devint sensible aux intuitions des corps.

À la volonté, au désir, à l'imagination.

Et son cœur assoiffé se gorgeait d'un amour inattendu, comme une éponge.

Un soir qu'ils étaient chez elle, un de ces soirs de repos qui leur paraissait durer des éternités, où il n'y avait ni Dive In ni sortie avec des amis dans un quelque autre pub enfumé de la ville fantôme, rien qu'eux seuls dans son deux-pièces au premier et dernier étage, au-dessus de la vieille boutique de téléviseurs de Chene Street envahie par les plantes que le patron avait rentrées l'hiver dernier pour qu'elles ne gèlent pas, et qu'il avait gardées depuis parce que c'était joli, ces allures de serre exotique au milieu des écrans plasma, un de ces soirs où il n'y avait qu'eux au monde et tout le temps pour décider quelle musique écouter et de quoi parler, oublier de manger, se resservir un verre, à quel rythme se rapprocher sans en avoir l'air, un soir malgré toute la timidité dont il était encore capable, c'est lui qui fit le premier pas. Cela faisait un peu moins d'un mois qu'ils se voyaient ainsi, chaque fois qu'ils le pouvaient, comme si leur première nuit à discuter ensemble était aussitôt devenue une sorte d'habitude dont ils ne pouvaient se passer. Ils n'avaient jamais fait l'amour.

Évidemment ils y avaient pensé tous les deux. Évidemment leur proximité était troublante, à présent, ça n'avait pu leur échapper, ni à l'un ni à l'autre, cela n'avait échappé à personne autour d'eux. Ils s'étaient inventé des excuses pour ne pas se déclarer – la situation d'Eugène qui serait un jour rappelé par l'Entreprise en Europe, des souvenirs d'amours déçues, des exemples de vertus inimitables intimidants – mais, dans le fond, c'étaient peut-être des excuses qui leur servaient surtout à faire durer le plaisir. Le désir leur allait si bien. Non pas comme ces jeunes gens qui espèrent en l'amour mais n'osent pas y croire, et souffrent et se font souffrir, c'était même le contraire. Ils y croyaient, eux, depuis le début ils le savaient bien, ils le voyaient bien leur désir, à tous leurs regards, à tous leurs frôlements, sans oser l'espérer. Il leur avait fallu du temps, pas par lâcheté mais par indulgence, pour goûter jusqu'au bout ce bonheur de savoir pouvoir. Ce bonheur de croire. C'étaient tous deux des charbonniers de l'amour. Ils avaient foi dans les préliminaires.

Eugène se leva ce soir-là pour rejoindre Candice sur le canapé. Il s'assit à côté d'elle et l'observa. Il pouvait sentir sa cuisse contre la sienne, qui ne tremblait pas, ne bougeait pas d'un pouce pour éviter le contact. Ils s'étaient tournés l'un vers l'autre et Candice avait arrêté de parler. Lorsqu'il approcha sa main de son visage, elle ne ferma pas les yeux, elle inclina légèrement la tête, peut-être qu'elle avança un peu vers lui. Il frôla sa joue du bout des doigts, sa pommette, replaça une mèche de cheveux derrière son oreille et enfonça ses doigts dans sa chevelure épaisse, sous la tempe, glissant le long de son crâne vers la petite bosse de l'apophyse derrière laquelle il posa enfin la main entière sur sa nuque souple qu'il devinait en y étendant les doigts, sa nuque qu'il connaissait pour l'avoir si souvent contemplée de dos, la nuque fine et cambrée de Candice, tel un calice élancé, de là il pourrait plonger dans son dos où les vertèbres affleuraient entre des muscles tendus, il pourrait revenir en faisant le tour de son cou, se heurter à l'arête saillante de sa clavicule et s'attarder dans ses fosses, de part et d'autre, de là encore choisir un nouvel embranchement, suivre l'arête vers la rondeur de l'épaule, faire glisser doucement son tee-shirt pour la découvrir ou, de l'autre côté, plonger dans le sillon de sa poitrine, entre ses seins, l'endroit où précisément ils ne se rejoignent pas mais se dessinent, il s'attardait encore sur sa nuque mais il pensait déjà à tout ce chemin – elle ne bougeait pas, il voyait, il sentait déjà comme en rêve la caresse et le plongeon, l'effleurement de sa peau tel un tissu tendu et velouté, une sorte de fruit, sa main désirait déjà les creux et les rebondissements de chair et les plis émouvants, les sursauts minuscules, les pores qui se hérissent, et il contemplait cette vision intérieure comme en extase, cependant que ses yeux à elle, plantés dans les siens, les retenant au bout d'un invisible fil, s'agrandissaient et s'approchaient de lui lentement, ses grands yeux sombres aux reflets humides – c'était comme de tomber dans un puits, jusqu'à ce qu'il sente sa bouche s'écraser contre la sienne et s'ouvrir, qu'une main se pose à son tour sur son visage et que tout se remette à bouger de façon confuse, une autre main sur sa cuisse, sur son torse, dans ses cheveux, le tenant à présent fermement, le pressant, sa bouche pleine d'un goût et d'une chaleur humides, le rideau de ses yeux tombant sur le monde, dans la nuit de Detroit, pour la première fois leurs corps se trouvent et se touchent presque en entier, se découvrent enfin.

Alors il se passe quelque chose.

Ils basculent comme on chavire.

L'un sur l'autre leurs corps s'étendent, se cherchent à tâtons, se respirent, se renversent, s'abouchent et s'enlacent, ils sont nus à présent et leurs mains ne tremblent plus, ils s'embrassent, dans un goût de rouge et d'eau, ils roulent, comme on tombe dans un rêve, au ralenti d'une chute qui n'a pas de fin, ils se frottent, se collent l'un à l'autre, ils respirent fort juste pour sentir leurs ventres se toucher, ils se plaquent, s'attrapent et se rattrapent sans cesse, leurs cuisses se mélangent et leurs corps se pressent, leurs fronts, leurs épaules, leurs poitrines sont moites et perlent déjà de sueur, ils s'enroulent, ils s'emboîtent, ils ne savent plus où ils sont, leurs yeux ne s'ouvrent plus que sur des éclats de peau, des morceaux de chair, ils s'écarquillent, ils cherchent l'air qui se refuse à leur souffle rapide et chaud, alors l'œil hagard et reconnaissant, le cœur rouge, la bouche ouverte ils plongent comme on se noie, ils se mordent doucement et se lèchent, se goûtent les épaules, les seins, les cuisses,

ils s'avalent, ils s'aspirent, se gobent, se fau-
filent et s'immiscent, s'accrochent, s'ouvrent
et se redressent, se fendent, ils se bandent,
se griffent, se plantent, ils se fessent, le
souffle coupé déjà rauque, ils replongent et
se reprennent, se fouillent, se délectent, se
reniflent, ils se mouillent, ils se glissent, ils
transpirent, se transpercent, ils se tendent,
et leurs corps sont secoués de spasmes, d'un
roulis furieux, d'un vertige, comme une tempête, un orage sublime, comme il est doux
de sombrer quand la mer est haute et qu'on
ne voit plus le rivage, et leurs ventres collés
ruissellent l'un contre l'autre, ils s'aban-
donnent, ils meurent. Puis ils se caressent.

Ils se regardent.
Pour la première fois,
À Detroit.

Grey-shit

Pendant le mois de novembre qui suivit l'arrivée de la petite bande dans la Zone, il continua de neiger et la neige de s'accumuler le long des bâtiments et sur la prairie des Indiens. À quinze jours de Noël, il devait y en avoir cinquante bons centimètres dans la prairie. Charlie et Bill avaient été lâchés par Strothers qui s'absentait souvent, passait ses soirées avec les ados les plus âgés de la bande, ceux qui ne se mélangeaient pas aux autres. Le Gros et Skinny, quant à eux, formaient à peu près le même duo qu'au collège : le balèze et le malin, le rigolo et le timide. Ils avaient fini par tourner d'un atelier à l'autre au gymnase, quelques heures par jour, façon de payer leur écot, apprenant à effectuer de petites réparations mécaniques. Ils partici-paient aux corvées de ménage ou de pommes de terre, au déneigement de la cour à la pelle. Mais ils continuaient de passer surtout le plus clair de leur temps à entreprendre de vastes opérations d'exploration de la Zone, jusqu'aux premières rues habitées. Ils étaient libres d'aller et venir et, peu à peu, leurs fringues tachées de terre et de diverses saletés se mirent à ressembler à celles des autres gamins, un accoutrement de bric et de broc, entre le tribal urbain et Oliver Twist avant sa rencontre avec M. Brownlow. On leur donna des parkas contre des réparations de vélos – celle de Charlie trop grande évidemment. Des gants – trop grands aussi, qu'il transforma en mitaines. Il conserva son pull-over, qu'il portait tous les jours. Il évitait de penser à sa grand-mère. Par solidarité avec Bill d'abord, puis par fierté parce que c'était la première fois qu'il essayait de décider de son sort tout seul, Charlie avait résolu de rester. Hors le froid qui faisait geler l'eau dans les verres, la nuit, jusque dans les bâtiments, la vie dans la Zone était plutôt drôle. Elle avait un goût d'excitation et de peur qu'il ne connaissait pas. Strothers leur avait dit qu'à Noël, un certain nombre des ados seraient tentés d'aller retrouver leurs parents. Il avait dit c'est normal, c'est Noël, comme si ça expliquait tout. Il avait raconté aussi que la plupart reviendraient parce qu'ils n'auraient pas trouvé leurs parents – partis avec tous les rats de cette ville – ou qu'ils auraient pris une bonne raclée. Il avait regardé Bill en disant cela avec le sourire cruel qui habitait parfois son visage – le Gros avait encore des marques, la lèvre gonflée, une croûte coincée dans le sourcil courait sur son front. Strothers était plus dur qu'avant, plus distant, même avec Bill. Il partait souvent pour la journée, restait quelquefois la nuit en ville, au Diable, faire des « commissions » pour Max.

On sait bien de quoi il s'agit, disait Bill – merde ! On le voyait traîner, aux abords de la Zone, avec les lieutenants de Max et des types plus âgés qui ne venaient pas faire réparer leur tondeuse ou leur vélo. Strothers avait les traits tirés, il dormait peu. Quand il revenait le matin ou au milieu de la nuit, il filait dans le bureau, dans le couloir de l'administration, là où il y avait toujours un ou deux gars de Max en faction. Il leur apportait parfois une simple enveloppe en papier kraft, parfois un sac de sport qu'il n'avait pas la veille – merde !

Mais pour Bill et Charlie la vie aurait pu continuer ainsi, entre batailles de boules de neige et descentes de la butte du vieux sycomore, les fesses sur un sac en plastique ou sur les planches de skate dont ils avaient démonté les roues. Ils s'étaient fait des copains, même des garçons qui venaient de l'ouest de la ville. Charlie avait bu d'autres bières, à d'autres fêtes, lorsque le patron était de passage, à peu près une fois par semaine, il avait réussi à fumer des cigarettes en entier sans se mettre à cracher sa gorge. La vie aurait pu continuer ainsi longtemps et ce n'est même pas sûr qu'il aurait voulu rentrer chez lui à Noël, mais il faut bien en venir à cette nuit de décembre où tout a basculé.

Bill était un enthousiaste, mais il n'avait pas le cœur à s'en foutre. De plus en plus souvent il se prenait la tête avec Stro, il avait remarqué son manège et le lui reprochait. Tu nous as amenés là et puis toi, tu te barres tout le temps, il disait – ce ne sont pas tes oignons. Il en parla à Charlie. Strothers avait un téléphone portable maintenant. Il s'éloignait quand il recevait un coup de fil. Il était au courant des soirs où le roi Max allait se ramener. Il lui faisait son petit salut avec la main sur le cœur. Il donnait des ordres. Il avait de l'argent – de l'argent ici ! –, assez pour s'acheter des baskets neuves. Ouais, ça et une parka avec un col en fourrure, et même si c'est du putain de lapin synthétique ! Bill explosait. Il disait, C'est pas vrai que c'est pas nos affaires, dans la bande on s'est toujours protégés, on a toujours évité les ennuis.

Ce jour-là il dit à Charlie qu'il allait suivre Strothers en ville. Qu'il saurait pour de bon ce que c'était que ses affaires et qu'il lui parlerait si ses soupçons se confirmaient – on n'est pas un gang, on est la petite bande, on a toujours évité les ennuis.

Et ça s'est bien passé au début. On devait être en fin d'après-midi. Il l'a filé dans le corridor de Packard qui avait l'air presque plus propre sous la neige. Les bâtiments étaient toujours éventrés mais on ne voyait plus les détritus et les gravats par terre. Les graffitis sur les murs faisaient éclater leurs couleurs comme des feux d'artifice. Strothers a continué à descendre vers l'Eastern Market, puis il s'est enfoncé vers l'est, un peu au-dessus de leur ancien quartier.

Les rues étaient désertes, il n'y avait presque plus de bagnoles. Quand la nuit est tombée vers cinq heures, les traînards sont sortis quand même, mais la neige les rendait plus lents si c'était possible. Ici il y avait encore des maisons, déglinguées mais quand même, et quelques baraques à crack, ça se voyait à l'allure des types qui traînaient là devant. Stro s'arrêtait parfois, il rentrait dans l'une d'elles après avoir dit deux mots aux guetteurs, sur le trottoir, et ressortait dix minutes plus tard. C'était une espèce de tournée de facteur, c'est ce qu'il a pensé, on aurait dit que Stro faisait sa tournée. Sûr que les petits boulots pour Max étaient de gros ennuis. Bill suivait de loin.

Ça a duré plusieurs heures, peut-être une douzaine de baraques en tout, ils avaient traversé la moitié de la ville vers l'est, bien au-delà de Gratiot qui méritait plus que jamais son nom par cette saison et sans lumières – *grey-shit* avec l'accent des vieux, c'était une blague de gamins que Bill répétait tout le temps, et ce soir ça avait fini par lui ressembler vraiment, c'est ce qu'il se dit, ça l'a fait marrer un moment.

Puis Strothers est revenu sur ses pas, reparti dans l'autre sens, retour à la Zone. Bill s'est planqué sur le trottoir d'en face derrière une carcasse de voiture pour le laisser le dépasser de nouveau.

Il n'y avait pas de lune. Il faisait tellement nuit – comme dans un cul mon frère, disait Bill, et il rigolait – il faisait tellement noir que le Gros avait sans cesse peur de perdre Stro. Il a accéléré un peu, a réduit l'écart qui les séparait. Il avait rabattu sa capuche et marchait les mains dans les poches zippées de sa parka, celles de biais à hauteur de poitrine qui donnaient l'impression d'être plus grand et plus costaud, comme quand on croise les bras. Il a cru qu'il s'était fait repérer à un moment et a pris peur, a changé encore une fois de trottoir. Hé quoi, c'est Strothers après tout, s'est-il dit, s'il me voit je lui dirai que je l'ai suivi comme ça, entre copains – et merde. C'est plus le même. Il fout la trouille – et merde. Quand on y sera je lui parlerai.

Ils y étaient presque.

À la lisière de la prairie des Indiens, par l'est. Une de ces rues à la con avec deux maisons même pas côte à côte, au milieu d'un quartier en friche comme un parc public. Stro a obliqué dans la prairie et Bill s'est décidé. Il a allongé le pas pour le rattraper, les mains enfoncées dans les poches et la capuche sur les oreilles, il faisait drôlement froid, la nuit était bien avancée maintenant et toujours pas de lune. La neige gelée crissait sous ses pieds. Il a dû sentir quelque chose, une présence, un danger, quelque chose, il devait être à cran, Strothers. Quand il s'est retourné pour faire face à Bill, il avait un revolver dans la main droite.

Les tragédies, c'est toujours méprise et compagnie.

C'est moi, qu'il a dit, comme un abruti le Gros, parce qu'il était tellement surpris, et il a voulu faire un signe de la main en la retirant de sa poche, en continuant à s'avancer vers Strothers, sans se douter qu'il ne le reconnaîtrait pas sous sa capuche, sans se douter, puisque c'était son copain, qu'il était à cran, qu'il faisait si noir – comme dans un cul mon frère, et le coup est parti, suivi d'un deuxième.

C'est Bill, putain. Strothers s'est approché, les yeux pleins de terreur. Il a tenté de l'aider à se relever mais le Gros gueulait qu'il n'y arrivait pas, il couinait, il chialait, Strothers aussi chialait et gueulait ce qu'il pouvait, surtout des injures – putain, qu'est-ce qui t'a pris, Bill ? Ils étaient là tous les deux dans la neige au bord de la prairie des Indiens et c'était comme essayer de soulever un buffle blessé. Ils dérapaient dans la neige gelée. Les mains de Stro pleines de sang visqueux glissaient sur la parka. Le porche d'une des maisons s'est allumé. Un type a crié dans le lointain qu'il avait appelé la police.

Alors Strothers s'est arrêté de tirer Bill par le col pour le redresser. Tu vois la maison, là-bas ? Là où c'est allumé – essaie d'y aller, Bill, putain, crève pas. Et Stro a détalé en courant.

La génération perdue

Candice, comme Framboise, appartenait à cette génération perdue grandie trop tard dans une ville où, petit à petit, tout s'était cassé la gueule. La gare centrale des voyageurs du Michigan avait fermé d'abord, puis ce furent les dancings, les hôtels, les sièges de sociétés, les immeubles de services et les centres commerciaux. Et puis, évidemment, ce furent les gens qui sont partis. Et ceux qui restaient, ceux qui n'étaient pas armés pour quitter la ville, n'étaient pas les mieux armés pour rester non plus.

Ça s'est produit comme dans la théorie de l'évolution des espèces. Pas la version du XIXe siècle où les plus forts survivent. Parmi les théories plus récentes de l'évolution des espèces, il y a celle qu'on appelle l'hypothèse de la reine rouge, en référence à *De l'autre côté du miroir* de Lewis Carroll, où Alice demande à la reine pourquoi le paysage ne change pas alors qu'elles courent, et celle-ci lui apprend qu'elles courent, justement, pour rester à la même place. Les espèces évoluent en permanence, selon le jeu de mutations génétiques hasardeuses, mais l'hypothèse de la reine rouge observe que ces évolutions se font en parallèle. Chaque espèce évolue en même temps que les autres, constamment, dans l'ignorance des autres. Chacune court sur place, parce que le monde autour d'elle court, et elle pourrait aussi bien s'éteindre à tout moment parce que le rapport de forces ne bascule jamais définitivement en sa faveur, la sélection naturelle devenant le fruit, non d'une évolution vers un mieux objectif, mais d'une coévolution aveugle et hasardeuse.

Et c'est ce qui se joue aussi entre les sociétés humaines. Courir, on ne sait faire que ça. Quand ça se met à aller mal, on accélère – que faire d'autre ?

Au moment de leur chute, toutes les civilisations ressemblent à des canards sans tête.

À Detroit, il fallait continuer d'acheter des maisons, des voitures, de remplir son caddie de supermarché, mais il n'y avait plus de travail. Il fallait de l'argent facile. Des cartes de crédit. Des prêts qu'on ne remboursait pas pendant deux ans, octroyés par des banques qui avaient déjà prêté aux entrepreneurs pour construire les maisons et les voitures qu'on achetait. On revendait avant la première échéance, ou la banque proposait un autre prêt pour racheter le premier. Et toutes ces promesses de remboursement s'accumulaient pour qu'on continue de courir, les banques avaient même réussi à transformer ces dettes en argent réel en se les revendant entre elles, comme dans l'histoire des deux marchands de diamants, à Amsterdam, qui passent leur vie à se revendre le même caillou, toujours plus cher.

Et quand les banques ne prêtaient plus, il y avait d'autres sources d'argent facile. Il y avait trois cents bars de strip sur Eight Miles Road. Il y avait Max.

Ce n'est pas la partie de sa vie dont Candice est la plus fière.

Lorsque Framboise avait commencé à décoller au hit-parade des call-girls, Candice était restée serveuse dans une des boîtes où Max avait ses entrées. C'était un de ces bars sordides avec des salles VIP où les danseuses accrochaient leur veste à la poignée de la porte lorsqu'elles voulaient que le videur les laisse tranquilles. La danse, c'est exténuant, les filles étaient bousillées en quelques années. Candice n'en a jamais connu qui ait refusé longtemps les extras. Cela était illégal, bien sûr, et il n'y avait pas de tarif officiel, ce qui provoquait une forme de concurrence particulièrement perverse entre elles, des disputes quand l'une d'elles bradait ses services, des règlements de comptes. Candice ne les jugeait pas. Il y en avait qui étaient vendeuses la journée, pour qui le strip était un deuxième job. Il y en avait qui élevaient des enfants. C'était presque banal, imaginez : trois cents bordels, rien que sur Eight Miles, à la frontière entre Detroit qui fournissait les filles et la banlieue où vivaient les clients aux poches pleines. Un marché à flux tendus. Un boulevard du sexe et du désespoir.

Quand les filles prenaient goût à l'argent vite gagné ou lorsqu'elles tombaient dans la drogue pour tenir, Max entrait en scène. C'était une sorte de parrain local. En pleine époque du crack, il n'y avait même plus besoin d'être chimiste, il suffisait de noyer de la cocaïne de mauvaise qualité dans n'importe quelle base, comme de l'eau de Javel, de chauffer, et on récoltait les petits cailloux bruns cristallisés. La production était devenue industrielle. Max gérait une douzaine de baraques en ville, il employait des gamins pour le deal afin de réduire les coûts. Ils se faisaient attraper plus souvent que des voyous plus aguerris, mais ils n'avaient jamais de grosses quantités sur eux, les pertes étaient minimisées. C'était un salaud mais lui, quand il en parlait, on avait l'impression qu'il dirigeait une start-up. Max était juste un de ces gars qui avaient décidé de continuer de courir, comme les banquiers fabriquaient de l'argent, comme les pom-pom girls du lycée devenaient stripteaseuses.

Il y avait une vraie logique à tout ça. Dans ces années-là, quand la municipalité a tenté d'imaginer un renouveau économique, ils ont construit des casinos au centre-ville. L'argent continuait de couler à flots, c'est ce que tout le monde voulait croire. Detroit poursuivait sa course, même si c'était vers sa perte.

Quand elle y repense, Candice se dit qu'elle a survécu à une sorte de guerre.

Ce sont des gosses

Les choses s'accélérèrent singulièrement en ville. Jefferson-Chalmers, Cass Corridor, Second Avenue and Charlotte, Delray, Dix-Huitième et Poplar, Poletown East, Highland Park, ça craquait dans tous les coins et Detroit se vidait, les quartiers en détresse se multipliaient. Le mois de décembre est celui des bilans et des statistiques, et l'on s'aperçut qu'on avait atteint onze cents morts par arme à feu, presque trois par jour. Le nouveau chef de la police déclara que ce coup-ci, c'était l'apocalypse. Sa maison venait de se faire cambrioler. Décembre, c'est aussi le mois des budgets réalisés et prévisionnels. Pour ce qui concernait la plupart des services municipaux, l'école, la police, les hôpitaux, les bus, les pompiers et l'eau, ça tenait en un mot : banqueroute. Cette fois on y était. Un juge fédéral fut saisi pour savoir si l'on pouvait officiellement placer la ville en faillite, ce qui permettrait de gagner du temps et de renégocier sa dette. Cela prendrait des années, mais le mot était lâché. Pour les gens qui ne comprenaient pas comment on pouvait en être arrivé là, c'était juste l'autre nom de la Catastrophe.

Brown était passé au garage de la police avec sa propre voiture pour faire le plein. C'était une vieille Ford Taunus vert anis qui avait dû avoir l'air neuve pendant dix ans, complètement démodée et has been pendant la décennie suivante, et qui reprenait de l'allure depuis quelque temps par comparaison à toutes ces petites bulles de plastique qui s'inspiraient des japonaises. Sa carcasse tremblait légèrement au point mort et dégageait au démarrage une fumée un peu trop épaisse, mais elle ne l'avait jamais lâché.

— Tu dois prendre une voiture maison, Marlowe, lui dit le brigadier préposé à la pompe.

— Mais il n'y a pas de patrouille disponible.

— Tu ne patrouilles pas, Marlowe. Ce sont les nouvelles directives, pas d'essence dans les caisses perso, ça fait désordre au moment des comptes.

— Je suis en patrouille. Je tourne. Je sors du bureau. Tout le monde patrouille. Ça aussi, ce sont les nouvelles directives, et il n'y a pas de voiture. Regarde-moi ces tôles. Je ne monterai pas là-dedans.

— Et où est ton équipier ?

— On ne m'a pas encore affecté de bleu.

— Je te fais un bon, Marlowe, mais c'est le dernier, j'ai plus de souches pour les bons.

— C'est ça. Fais un bon à mon nom. Tu peux même marquer que si ça ne leur plaît pas, ils n'avaient qu'à racheter des bagnoles tant qu'ils avaient de l'argent.

Le sergent sourit et tapa sur le toit de la Taunus. C'était un des endroits où l'on connaissait Brown depuis trop longtemps pour chercher à l'emmerder.

Il sortit après s'être garé près des pompes, vint saluer les policiers qui étaient là en bleu de travail. Il les connaissait presque tous. À part quelques jeunes mécanos, la plupart étaient de vieux sergents qui avaient atterri là après en avoir fait la demande ou parce qu'ils avaient été blessés en service. Beaucoup d'entre eux étaient proches de la retraite. Ils n'allaient pas beaucoup mieux que les voitures qu'ils réparaient tant bien que mal en récupérant des pièces sur l'une pour en remettre une autre en état. Le garage de la police ressemblait à une grande casse qui aurait été rangée proprement dans les allées d'un bâtiment industriel transformé en parking sur quatre étages. De longues verrières couraient le long des murs de briques, et il avait suffi d'abattre toutes les cloisons et de les remplacer par des soutènements de poutres métalliques. On n'avait pas pu aménager de rampe, alors on avait installé un

immense monte-charge à un bout du bâtiment, comme ça se faisait dans les parkings
en plein air. Ça sentait la graisse de moteur
et l'essence comme dans n'importe quel
garage. Il y faisait sacrément froid parce que
la grande porte d'entrée coulissante restait
ouverte en permanence et que certaines verrières, dans les étages, n'étaient plus vraiment
étanches. On y buvait du café brûlant à toute
heure du jour et de la nuit. C'était l'endroit
aussi où les patrouilles faisaient des pauses,
racontaient ce qu'elles avaient vu avant de
repartir en ville. Les rumeurs y circulaient
plus vite qu'au commissariat central.

— On dit que tu as repêché un cadavre de
gamin, la semaine dernière.

— On a pu l'identifier grâce à la grand-
mère d'un de ses copains qui avait disparu
avec lui. Elle était effondrée. Tout le trajet
jusqu'à la morgue elle m'a parlé de son
gosse. J'ai cru qu'elle allait s'évanouir quand
je l'ai amenée au frigo. Et puis, finalement,
c'était pas lui mais elle le connaissait. C'était
le copain, un peu plus âgé, avec lequel son
gamin traînait tout le temps. C'était pas beau
à voir, cette vieille qui s'est mise à pleurer.
C'était pas son petit-fils mais c'était comme
si on lui avait montré comment ça allait se
terminer.

— En tout cas tu tiens une piste maintenant, Marlowe. Un crime, c'est plus facile à
résoudre qu'une disparition.

— On a ouvert une enquête officielle, c'est déjà ça. S'ils ont fini par échouer au même endroit on retrouvera peut-être l'autre gosse. C'est ce que j'ai dit à la grand-mère. J'y vais, là.

— Ça fait longtemps que t'es là-dessus, hein, Marlowe ? Les disparitions de gosses.

— Tout disparaît ici.

— Ouais. Pas étonnant qu'ils aient du mal à nous payer les heures supplémentaires. Quand tout le monde sera parti, il n'y aura plus que des flics et des pompiers dans cette ville.

— On éteindra la lumière. Bon Dieu, mais où est-ce qu'ils sont tous passés ? Si encore c'était un village, Detroit, on se dirait qu'ils ont fui en ville pour chercher du travail, il y en a plein des villages déserts, partout, des petites cités fantômes dans des plaines balayées par les vents. Mais bon Dieu la ville, c'est ici. On dirait qu'ils se sont envolés.

Quand il s'apprêta à remonter dans sa voiture, le sergent était encore avec lui. Ils firent le tour de la Taunus, se promettant d'y mettre un petit coup de neuf un de ces jours. Nettoyer le carburateur, changer le filtre du pot, le genre de passe-temps de la moitié des pères de famille.

— Dis-moi, Marlowe, tu es sûr que tu vas y aller seul ? Je veux dire, t'es comme moi, pas bien loin de la retraite. C'est peut-être pas le moment de se trimballer en ville sans équipier, et dans un endroit où il y a eu un meurtre. T'as même pas de radio dans ta caisse.

— J'ai mon téléphone. J'aurai qu'à faire le 911.

— Tu es têtu, pas vrai ?

— On va pas se refaire maintenant. Ce sont des gosses, Jones.

— Et s'il n'y a pas que des gosses ? On m'a dit que tu enquêtais sur un enfoiré de dealer, aussi.

— C'est Watts qui t'a dit ? Je lui ai emprunté ça.

Brown ouvrit le coffre et souleva la couverture en laine repliée sur le gilet pare-balles à velcros et le Mossberg 500. Un chargeur de secours avait été monté sur la crosse, attaché par du gaffeur.

Le canon brillait légèrement dans l'ombre de sa peinture noire satinée comme le dos d'une panthère.

Résidence surveillée

Lorsque Charlie se réveilla, ce matin-là de décembre, Bill n'était pas dans son sac de couchage à ses côtés, dans la salle de classe où ils avaient installé leur campement, il n'était pas rentré. Dans la cour était garé le Cadillac Escalade de Max, qui avait dû arriver dans la nuit ou au petit matin. C'était la première fois qu'il venait ainsi dans la journée. Quelques garçons s'affairaient déjà dehors. Il faisait froid. Il y avait de la buée aux fenêtres et le soleil en train d'émerger derrière la colline du vieux sycomore était voilé par un brouillard blanc.

Charlie resta un moment, redressé sur ses coudes puis assis dans son sac de couchage, sur le matelas qu'ils partageaient, à attendre en regardant par la fenêtre que Bill revienne, et ensuite rien. Un mauvais pressentiment qu'il prit pour un mal de tête. Des gamins dormaient, s'agitaient mollement. Certains murmuraient dans leur sommeil. Charlie observa le sac de couchage à côté du sien. Il avait le regard vide, inattentif du dormeur qui vient de se réveiller, blasé de se retrouver encore au même endroit, de reconnaître les choses autour de lui. Et puis il commença à mettre des mots, des pensées sur son mauvais pressentiment. Le duvet n'était pas froissé. Même pas ouvert. Le duvet de Bill était là, exactement à la même place, avec exactement la même forme que la veille, lorsque Charlie était venu s'étendre dans le sien. Ses yeux s'écarquillèrent et ses muscles se raidirent comme sous le coup d'un choc électrique, il avait beau tourner frénétiquement la tête, scruter les recoins de la salle de classe, Bill était invisible. Son sac à dos n'était pas là non plus, juste son jeu de cartes qui avait dû glisser dans le duvet, Charlie le ramassa par réflexe.

Soudain, il se leva d'un bond et se rua dans la cour, craché dans la lumière blafarde du jour qui l'aveugla, un creux au ventre pour y loger sa peur et des tempes douloureuses, du sang battu sans cesse comme une chanson lancinante, sans pouvoir s'échapper de sa tête, l'étau plaqué sur son front de l'angoisse qui lui criait de l'intérieur que quelque chose était arrivé à Bill. Il tâcha de se maîtriser. Ne pas crier son nom. Il est peut-être ailleurs, il est peut-être là, dehors, ou dans une autre classe, peut-être, il faut le chercher d'abord. Courir sans précipitation. Jeter partout des regards affolés sans panique. Ne pas alerter les autres. Strothers. Ne pas avoir peur. Rentrer dans la cantine, bousculer les tables, entendre tomber les casseroles comme en rêve. Si seulement il pouvait être en train de rêver. Courir. Courir ouvrir en trombe la porte du gymnase et ressortir aussitôt, trois gamins hébétés devant une tondeuse à gazon – connards d'esclaves – mais pas Bill. Bill, il le connaît par cœur. Il repérerait sa silhouette, même seulement sa démarche dans une foule, c'est sûr. Courir jusque dans le couloir, revenir ouvrir les portes des autres salles, les grognements, les insultes, les gars qui se lèvent en lui demandant ce qui lui prend, buter dans les corps et de plus en plus de bruit, son nom qu'on répète ou qu'on appelle comme dans un rêve, si seulement. Courir et se retrouver de nouveau dehors dans le blanc – putain de brouillard –, à courir dans la pente, tombant trois ou quatre fois, de la neige presque jusqu'à la taille – putain de neige –, pour atteindre le sycomore, la poitrine en feu, en train de souffler comme un bœuf et tout le monde qui s'agite à présent et qui se demande ce qui se passe, des types qui courent après lui maintenant, qui l'appellent. On n'y voit rien de là-haut. Les autres garçons se rapprochent et c'est trop tard pour le creux au ventre, le souffle coupé, un sifflement au fond de la gorge, il n'y a plus nulle part où aller. L'étau se resserre sur son front, lui vrille le crâne. Il n'y a plus nulle part où courir et quand ils arrivent il est à genoux dans la neige – qu'est-ce qui se passe, Charlie ? Alors il crie son nom, de toutes ses forces pour que ça le vide, il crie son nom jusqu'à ce que tous les foutus corbeaux de l'arbre s'envolent, Bill, son ami, son frère, il crie son nom pour que ça déchire le brouillard, s'il pouvait l'entendre, s'il était là, quelque part, Bill.

Et puis il retomba sur lui-même, épuisé. Personne n'osa l'approcher jusqu'à ce qu'un des gars de Max se pointe. Les garçons s'écartèrent. Il prit Charlie par le bras, sous l'épaule, le releva – le patron t'attend.

Il n'avait plus de force. N'aurait de toute façon pas pu se débattre.

Max était dans l'ancien bureau du directeur de l'école, au fond du couloir de l'administration – Charlie n'y était jamais allé. Devant la porte se tenait un autre de ces ados plus âgés auxquels ils ne parlaient pas, un des lieutenants comme disait Bill. Il ne lui adressa pas même un regard lorsque Charlie passa devant lui pour entrer. À l'intérieur, Max était installé au bureau, silhouette en contre-jour dans la lumière poudreuse qui filtrait à travers les stores. La pièce était encombrée de tout un tas de papiers et de dossiers répandus à terre au pied d'un classeur éventré, les anciens dossiers des élèves, encore là avec leur photo, leur adresse. La porte claqua derrière lui et Charlie sursauta. Strothers était là, lui aussi, il était adossé à une petite bibliothèque qui

occupait le coin de la pièce, à côté de la porte
– viens Charlie, entre. Il s'avança.

C'est Max qui prit la parole. Vu ainsi de
plus près, même dans la pénombre de la
pièce, il avait les traits tirés et durs, des cernes
marqués comme des plis nets et droits, des
rides au scalpel, les yeux jaunes. Strothers
n'avait pas bougé d'un cil, le visage fermé, le
regard fixe, il n'offrait aucune prise, il n'était
d'aucun secours.

Il y avait eu un – Max hésitait sur les mots,
il parlait lentement mais d'une voix forte –
accident. Bill avait eu un accident et on ne
le reverrait pas ici.

— Mais toi, Charlie, tu vas rester encore
un peu. Disons jusqu'à Noël – c'est dans deux
semaines. Ensuite, tu rentreras chez toi – si
tu veux – et tu ne parleras de cette histoire à
personne. Vois-tu, si tu partais maintenant,
cela attirerait l'attention sur l'école. Avec Bill
et ce putain d'accident, on n'a vraiment pas
besoin d'attirer l'attention en ce moment
– tu comprends cela, n'est-ce pas. Alors tu
vas rester avec nous.

Charlie avait peur mais il n'avait même
plus la force de le montrer. Il était debout
de l'autre côté du bureau, en face de Max.
Il avait du mal à le regarder dans les yeux
et il ne voulait pas baisser la tête, alors il
regardait ses lèvres minces qui parlaient lentement, il se raidissait pour ne pas trembler,
pour ne pas se tasser sur lui-même. Il aurait

voulu que le plancher se dérobe sous ses pieds et disparaître. Dans son dos Strothers ne bougeait pas, ne disait rien. Il pouvait sentir sa présence muette dans l'angle de la bibliothèque, dans l'ombre.

Ils n'échangèrent pas un mot dans le couloir. Sortirent dans la cour où ils firent quelques pas en direction de la prairie. Charlie explosa.

— Qu'est-ce qui s'est passé, Stro ? Qu'est-ce qui se passe ? Où est Bill ?

Mais Stro ne disait rien. Il regardait par terre ou vers le vieux sycomore avec sa tête des mauvais jours, ses sourcils sévères, son regard dur et son sourire méprisant, qui était plus un rictus qu'un sourire et que l'habitude avait transformé en une sorte de masque. Lui non plus n'avait pas l'air d'avoir beaucoup dormi. Il sembla à Charlie que ses yeux étaient rougis. Comme le matin suivant la nuit du Diable, après l'incendie, ou comme s'il avait pleuré. Se pourrait-il que Stro n'y fût pour rien ? Au contraire, n'était-ce pas là le signe qu'il était coupable ? Mais coupable de quoi et que s'était-il passé au juste ? Il serrait la mâchoire et dansait d'un pied sur l'autre comme s'il avait peur. Qu'était-il arrivé à Bill ? Un accident, cela ne voulait pas dire, oh, Charlie sentit de nouveau ce creux d'angoisse dans son ventre. Stro ne dirait rien. Il n'y avait rien à ajouter.

Charlie voulut l'agripper par le col mais Strothers le repoussa facilement. Il mesurait une bonne tête de plus que lui. Il fit tomber le jeune garçon en le projetant brutalement vers l'arrière et se jeta sur lui, lui plaqua les épaules au sol. Ils se battirent un moment, Charlie essayant de donner des coups en se tortillant par terre et Strothers en lui attrapant les bras, l'immobilisant bientôt totalement, lui enfonçant la tête dans la croûte de neige gelée, coinçant son torse en s'asseyant à genoux sur lui. Il lui écrasait la poitrine. L'empêchait presque entièrement de respirer. Il n'avait toujours rien dit. Même pas une insulte, même pas une menace avant de lui sauter dessus avec toute la sauvagerie dont il était capable.

Il était comme ça, Stro, il ne savait pas quoi faire des mots.

Ils étaient l'un en face de l'autre, essoufflés, ils avaient à peu près disparu dans la neige tous les deux, leurs vêtements et leurs cheveux en étaient entièrement recouverts. Strothers clignait des yeux pour y voir clair. Il restait agenouillé sur Charlie, lui tenant les bras au sol. Son visage était à vingt centimètres du sien, tendu, agité de tics, cette espèce de tiraillement de la lèvre supérieure comme un sourire de chien qui montre les dents. Est-ce que ça allait se finir comme ça ? Est-ce qu'il allait lui tordre le cou ? Charlie pouvait sentir son souffle. La neige qui fondait sur le front de Strothers lui gouttait dessus. Ses muscles tremblaient, ça se sentait, il devait être à cran, bon Dieu il crevait d'envie d'en finir, de le broyer tout cru. Il n'y avait plus rien dans son regard, plus rien de la petite bande ni du quartier ni de tant et de tant de jours passés ensemble. Charlie avait mal. Il respirait avec difficulté.

Après tout, ils avaient déjà presque disparu, se dit-il.

Au milieu de nulle part, dans la Zone. Au milieu de Detroit. Au milieu de nulle part.

Sans Bill ce ne serait plus jamais la prairie des Indiens, se dit-il.

Est-ce que c'était ça qui était arrivé ? Est-ce qu'il avait tué Bill ? Cette idée traversa l'esprit de Charlie. Strothers ? C'était possible. Strothers était un chien et Charlie serait le prochain. Il ferma les yeux. Avec le peu de souffle qu'il avait encore dans les poumons, il murmura :

— Je sais que Bill te suivait hier soir, il me l'avait dit.

Strothers eut un léger mouvement de recul, une sorte de frisson. Il desserra son étreinte, frappa Charlie encore plusieurs fois, de toutes ses forces. Charlie essayait de se protéger en mettant ses bras autour de sa tête mais ça ne servait à rien. Debout, Stro lui balança encore deux coups de pied dans les côtes – fais gaffe, Skinny. Et puis il le laissa là, dans la neige, à pisser le sang par le nez.

Personne n'était intervenu.

Il fallait se tirer de là.

Made in China

Finalement l'Intégral serait made in China.
Il y a eu quelques protestations bien sûr,
des invectives et des lamentations, autour de
la table de la salle de conférences, les mains
engourdies recroquevillées sur les mugs
de café brûlant, les têtes encore dans les
écharpes. On a essayé de joindre les sièges
européens, les N+1 déjà occupés à d'autres
choses. C'était quelques jours avant la nouvelle de la faillite de l'Entreprise et la fin de
cette histoire. Quelques-uns comme Eugène
ont été soulagés. Qu'une telle gabegie,
comme on disait dans le temps, qu'une telle
inconséquence stratégique de l'Entreprise,
incapable de valoriser ses propres forces, se
solde finalement par un échec, c'était justice
en somme. Même si la justice n'est jamais que
la réparation de ce qui n'a pas obtenu réparation, de ce qui était irréparable, puisque le
mal a été fait. Une maigre consolation. Une
satisfaction morale. La réalité s'en fiche bien.

Ils iraient jusqu'au bout de leur mission quand même, mais le projet D-503 ne verrait pas le jour à Motor City. De toute façon l'usine n'avait pas rouvert. La Zone ne serait jamais exploitée. C'était un terrain vague de plusieurs kilomètres carrés qui s'étendait au pied de la tour, au nord de l'ancienne usine Packard, là où se perdaient les rails de l'ancienne voie de fret, un terrain vague grand comme un quartier, fait d'entrepôts déserts et de friches envahies par la végétation, montant en pente douce, au loin, vers une colline pelée où l'on apercevait parfois des lumières, le soir. Aucun moteur ne sortirait plus de Motor City.

C'est la dernière fois qu'ils ont vu Patrick. Plus rouge que jamais. Il n'y avait plus que sa chemise qui souriait. Des dizaines de petits bonshommes à vélo se fendaient la poire sur sa chemise et semblaient se moquer de lui avec une joie cruelle et presque bruyante, pour un peu on aurait cru les entendre rire. Patrick, lui, tirait une de ces gueules. Il avait déjà esquivé habilement deux rendez-vous avec la DRH. Il racontait ça comme s'il était assez fier de lui malgré tout, il manœuvrait bien : il s'était lancé dans une sorte de course contre la montre jusqu'à ce que les problèmes de l'Entreprise finissent par effacer son ardoise, c'est ce qu'il espérait, qu'à un moment il y ait tellement d'autres problèmes qu'on oublie de le virer. Pas sûr que ça marche mais, parfois, dans des grosses structures comme celle-là, il y avait des angles morts, des gens qui arrivaient à passer sous les échos des radars. Il avait encore maigri, dans un effort sans doute mimétique de son corps pour le faire le plus petit, le plus discret possible. C'était moins flagrant en hiver mais on voyait bien qu'il flottait dans son pantalon. Sur sa chemise les petits bonshommes à vélo glissaient à toute allure dans les creux de vague dessinés par le flottement du tissu. Tout cela donnait à ses gestes un aspect saccadé de marionnette.

C'était la fin, disait-il. Il buvait son café à petites gorgées, parlait doucement, terminait ses phrases. Ce que l'Entreprise capitalisait d'un côté, elle le redéployait ailleurs, sans plus de gains en emplois ni en impôts. Pire, elle avait presque intérêt à ce que ça ne marche plus dans les pays où les systèmes d'éducation, de santé, les salaires minimums, les caisses de retraite lui ponctionneraient ses éventuels bénéfices. Même en Amérique, les États asséchés comme la Caroline du Sud en venaient à négocier des salaires horaires à huit dollars, deux fois moins qu'à Detroit. L'UAW, le syndicat des travailleurs de l'automobile, autrefois tout-puissant, était à genoux. On savait tout cela, on vivait avec. Il y avait déjà des Ford avec des moteurs japonais, des Renault avec des châssis coréens, des Toyota ultrasubventionnées qui pouvaient afficher le

label « made in France », et des Peugeot entièrement « made in China », sorties de l'usine
où Eugène n'était pas allé. Ce n'était pas joli-
joli. Ce n'était même pas gagnant-gagnant.

Dans tous les cas, tout l'acier, presque
toutes les pièces, les rivets, les boulons, la
moindre vis, nom de Dieu même les clous à
tête plate étaient fabriqués en Chine.

Le monde était en train de se mettre à
boiter.

La théorie, c'est que si vous savez faire
quelque chose mieux que votre voisin, et
qu'il sait faire autre chose mieux que vous,
vous avez intérêt à échanger, à faire du
commerce. Mais la réalité, c'est que si votre
voisin a des salaires quatre ou six ou vingt
fois inférieurs aux vôtres, même ce que vous
savez faire de mieux vous avez intérêt à le
produire chez lui.

La main invisible qui équilibrait les marchés a glissé dans la flaque d'huile de la
mondialisation, voilà ce qui s'est produit.
Pour un peu, Pat serait devenu poète.

Quand il est parti on lui a serré la main,
tapé sur l'épaule. Ça va passer comme l'hiver,
c'est la crise, tu vas voir – le siège mondial
géant du géant mondial de l'automobile ne
s'appelle-t-il pas le Renaissance Center ? Ça
va passer. Mais nous ?

Eugène regardait, par la baie vitrée de la
salle de conférences, la Zone à ses pieds dont
la friche se perdait dans le quartier rasé, la

prairie qui s'élevait doucement jusqu'à la colline, au loin, que la neige semblait aplatir et étendre comme une catastrophe jusqu'à l'horizon, la ville en train de disparaître.

Le cran et la fureur

Quelques jours plus tard, l'Entreprise fit officiellement faillite. Le matin, ils avaient entendu distinctement des coups de feu qui provenaient de la Zone. Les sirènes de police, les bandes jaunes en guise de clôture – *do not cross*. Ils ont vite appris par la télé que c'étaient des mômes, des gamins qui vivaient là depuis des mois. Les lueurs dans le champ de friches, au loin, derrière la colline, c'étaient des enfants.

Il y avait Charlie, par exemple. Eugène ne sait pas qui c'est.

Il est temps de raconter comment ça a tourné ce matin-là pour Charlie.

Cela n'amusait pas spécialement Strothers de devoir lui coller aux baskets, jouer au flic ce n'était pas son truc à Stro, mais il ne le lâchait pas. À chaque fois que Charlie gravissait la petite colline de la prairie, se rendait avec d'autres au sommet de la butte où ils avaient laissé, sous l'arbre, les planches de skate et les caisses en bois tapissées de bâches en plastique agrafées qui leur servaient de luges, à chaque fois il y avait un moment où il apparaissait, comme s'il se promenait, l'air de rien, le temps d'un salut de la main et d'un regard appuyé – n'oublie pas. Dans sa parka noire, avec son bonnet de laine roulé au-dessus des oreilles, il ressemblait à un corbeau sans ailes. Les vrais corbeaux, eux, s'envolaient lorsque les gamins arrivaient sous le sycomore.

Charlie n'arrêtait pas de penser à Bill. Il repensait au matin où Max avait parlé d'un « accident » et, plus il tournait toute cette histoire dans sa tête, plus il parvenait à la conclusion que Bill avait été tué. Ils ne l'avaient pas laissé rentrer chez lui, puisque même lui, Charlie, on ne le laissait pas partir. Ils avaient dû le tuer.

L'ambiance avait changé à l'école, autour de Charlie, enfin c'est ce qu'il imaginait. Il avait l'impression que tout le monde savait quelque chose. Il ne se mêlait plus aux fêtes, le soir. Ne parlait plus aux autres. Charlie se sentait plus isolé que jamais. Le seul endroit où il se sentait à peu près tranquille, c'était la colline où ils avaient fait de la luge ensemble. Il n'arrêtait pas de penser à Bill.

C'est lui qui avait eu l'idée d'enlever les roues des skates pour les faire glisser sur la neige, cependant ça ne marchait pas trop bien parce qu'ils étaient trop fins, ils s'enfonçaient sous leur poids. Au mieux ça permettait de faire un peu le malin en se redressant sur la planche à l'endroit où la colline était la plus pentue, prenant de vitesse le frottement du skateboard, qui finissait quand même par se planter dès que le terrain se redressait. De belles cascades, des sauts de plusieurs mètres en hurlant et en agitant les bras, avant de rouler dans la neige et d'y perdre son bonnet en riant, voilà ce que ça permettait. C'était bien du Bill, ça. Les caisses bâchées que les autres gosses utilisaient étaient plus lentes mais plus fiables, ils glissaient presque jusque dans la cour. Bill appelait ça des traîne-couillons.

Depuis plusieurs jours, Charlie réfléchissait à la manière d'améliorer leur invention. Il cherchait un moyen d'être plus rapide que Stro. Cela faisait une semaine qu'il chronométrait ses allées et venues, à lui et aux autres ados à qui Strothers avait dû demander de garder un œil sur lui. Combien de temps s'écoulait avant que l'un d'eux le rejoigne dans la cour lorsqu'il émergeait le matin – quatre minutes et des poignées de secondes, en moyenne –, pas assez pour courir trois cents mètres jusqu'au sycomore en haut de la butte et disparaître – il mettait le double à peu près à cause de la neige dans laquelle il s'enfonçait jusqu'à la taille, ce n'était pas jouable. Il connaissait son temps pour toutes les distances du périmètre de l'école, de la salle de classe à l'atelier, la traversée de la cour dans toutes les diagonales, le meilleur chemin pour gravir la colline, il avait évalué celle qui le séparait encore de la route, de l'autre côté de la prairie où il n'avait plus le droit de s'aventurer.

La veille il se rendit à l'atelier du gymnase. Finit par trouver. Bill avait joué les casse-cou en enlevant les roues des skates, mais Charlie était plus malin, il était plus léger que Bill et il avait deux planches à présent. Il se servit des grandes vis des potences de direction des vélos, il y avait toujours des vélos en réparation aux ateliers. Elles mesuraient dans les douze centimètres, suffisamment pour traverser le fond d'une caisse. Il y fixa les skateboards, bien parallèles, décollés de la caisse par quatre centimètres de rondelles d'acier, pour que l'arrière relevé des skates, faisant office de spatule, vienne se loger juste à l'avant de la luge comme des skis. Le problème, c'était d'éliminer le plus possible les frottements sur les skateboards. Il avait déjà pensé à meuler l'emplacement des boulons pour que ça ne dépasse pas. Ensuite, il passa l'après-midi à faire fondre un kilo de bougies dans une casserole, répandit lentement la cire sur les skates et la lissa avec un couteau chauffé. Vu la température dehors, ça ne risquait pas de fondre. Au milieu de ce drôle d'habitacle, juste devant l'endroit où il s'assiérait, il perça un trou plus grand, de deux centimètres et demi, qu'il renforça en y enfonçant une bague de serrage au marteau. Il y plongea une tige de selle qu'il suffisait de faire coulisser pour s'en servir de frein.

Il se leva tôt ce matin-là comme d'habitude, traîna dans la cour afin d'endormir les soupçons. Le 4 × 4 de Max était encore là. Charlie proposa lui-même à Strothers de l'accompagner sur la colline en tirant sa drôle de caisse derrière lui au bout d'une corde – je vais te montrer un truc. La luge improvisée ne s'enfonçait pas du tout dans la neige gelée, elle glissait sur sa pellicule de cire avec une légèreté surprenante. Charlie souriait – avec ça on va battre des records mon frère.

— Je suis pas ton frère, *motherfucker*.

— Tu vois, c'est mon skate, là, et celui-là c'est celui de Bill. Je les ai montés comme une luge, ça lui aurait plu à Bill, je crois.

— Je t'ai dit de plus parler de lui. Il reviendra pas.

— Je te parie que je suis dans la cour avant que t'aies eu le temps de compter jusqu'à cinquante.

— Va te faire foutre.

Il était essoufflé par la montée, marqua une pause sous le vieil arbre. Strothers le regardait de l'air hargneux et méfiant qui était devenu son air habituel. Il détestait être obligé de surveiller le gosse, passer du temps avec lui, il disait, Je suis pas une putain de baby-sitter. Cependant l'idée que Charlie pût se servir de son invention pour s'enfuir ne lui avait pas encore traversé l'esprit. Strothers ne pensait pas que Charlie essaierait de fuir. Plus exactement, il imaginait que la correction qu'il lui avait infligée lui avait servi de leçon. Strothers était persuadé que la peur paralyse, qu'elle rend docile, parce qu'il pensait comme tous ces gens qui vivent et pensent comme des chiens.

Il y eut des cris inhabituels, ce n'était pas prévu, des cris comme une alarme et Strothers lança un coup d'œil derrière Skinny, vers la cour de l'école d'où provenait l'agitation. Il avait envie d'aller voir ce qui clochait, il était de nouveau tendu. Il avait retrouvé son masque de sourire, ses yeux plissés méchants mimaient la concentration. Charlie non plus ne savait pas ce qui se passait, mais c'était sans doute le bon moment.

Il disposa sa luge dans l'autre sens, face à la pente plus raide qui descendait en direction de la route, il la traîna sur quelques mètres pour contourner l'arbre – de ce côté ça descend plus vite. Strothers l'observait, son attention prise par les bruits et les cris qui venaient de l'école. Puis il comprit soudain. Fit le tour de l'arbre pour le rejoindre, se posta devant lui – pas de ce côté, tu sais que tu peux pas.

Ils étaient face à face. Immobiles.

284

Il n'y avait pas de défi ni de colère dans le regard de Charlie, juste cet air sérieux qu'il prenait parfois, cet air réfléchi qu'il avait lorsque sa voix d'enfant s'apprêtait à dire très lentement quelque chose de grave – laisse-moi partir, Stro.

Le visage de Stro se tendit, maxillaires frénétiques broyant un invisible chewing-gum. Trop de choses à réfléchir en même temps, trop de possibilités, trop d'avenirs, trop de pensées encombrantes et coupables – le corps de Bill qui s'effondre devant lui dans la neige, l'expression de son regard étonné –, trop de conséquences à nos actes. Et la petite voix de Charlie qui continuait.

— Ils ont peut-être peur de toi, Stro. Mais pas moi. Qu'est-ce que tu vas faire pour m'en empêcher ? Tu vas me taper dessus encore ? Tu crois que ça vaut le coup ? À chaque fois que l'un de nous voudra partir, parce que tu lui fais peur ou parce qu'il a pas envie de tremper dans vos trafics, tu vas le cogner ? C'est ce que tu as fait à Bill ? J'en ai rien à foutre de votre business, Stro. Je suis pas venu pour ça, on était pas venus pour ça, tu te souviens ? C'est pour Bill qu'on est venus ici, Stro. Putain, c'était pour Bill. Je m'en vais.

Strothers ouvrit la bouche mais c'était plus un tic qu'autre chose, il ne dit rien, il serra de nouveau la mâchoire, il cligna des yeux. Ça allait trop vite. Il jetait des regards par-dessus son épaule, vers le camp d'où montaient des cris plus précis où l'on distinguait à présent des paroles – les flics ! Il entendit plusieurs fois appeler son nom et vit le 4 × 4 démarrer en trombe, filer en dérapant, malgré les chaînes, du côté opposé à la route, vers les usines desaffectées et l'ancienne voie de chemin de fer, à travers la prairie.

Charlie était en train de pousser sa luge sur le bord du talus, il suffisait de sauter dedans pour la lancer dans la pente.

Strothers sortit son revolver, arma la culasse. Fixa Skinny dans les yeux, qui se figea. Il ne s'attendait pas à ça, personne ne l'avait vu, son flingue. Alors c'était ça qui s'était passé ? Stro était vraiment devenu le gars méchant qu'il avait toujours rêvé d'être ? Un type effrayant, capable de trahir ses amis, capable de les tuer peut-être. Charlie ne lâchait pas l'arrière de la luge mais il ne savait plus du tout ce qu'il allait faire. S'il le mettait en joue, sauterait-il ? Est-ce qu'il avait tiré sur Bill ? Il avait un regard de fou. Un tout petit front à la peau épaisse, barré par le bonnet aux bords roulés, au-dessus d'un regard de fou. Sûr, il était furieux, vraiment en colère. Pas que Charlie s'en aille, dans le fond il s'en foutait sans doute, et puis apparemment ce n'était plus d'actualité, d'éviter les ennuis, mais simplement qu'il lui résiste. Sûr, il aurait pu le tuer juste pour ça.

Il en avait les moyens, le cran et la fureur.

Charlie ne savait pas combien de temps il tiendrait. C'est long des secondes, dix, peut-être vingt avec son flingue qui brillait dans le soleil. Combien de temps il tiendrait bon à soutenir son regard, à se forcer à ne pas regarder l'arme, à ne pas regarder la luge, à ne rien faire qui puisse déclencher quoi que ce soit, juste tenir. Est-ce qu'il avait assez de courage pour ça ? Est-ce que l'innocence est la vraie forme du courage ? Il se mit à compter dans sa tête. Ne pensa qu'à ça, aux secondes qui tombaient au fond de sa tête comme des cailloux dans un puits.

Mais Stro ne pointait plus l'arme sur lui. Au lieu de ça, pour une raison qu'il ne connaîtrait jamais, que peut-être Strothers ignorait lui-même, Stro tourna les talons. Et Charlie sauta dans la luge.

Il dévalait déjà la pente lorsqu'il aperçut les voitures de police sur la route, toute une colonne de gyrophares, là-bas sur la gauche, déjà engagée sur le talus qui bordait la prairie, les pick-up en train de s'avancer au ralenti dans la neige, et le bruit des sirènes lui parvint dans le vent de sa descente effrénée comme une chute, creusant son ventre, y forant un trou de vitesse et d'accélération pures, soule-vant son cœur et expulsant sa peur dans un cri de victoire. Il avait les yeux qui piquent, des larmes qui chassent dans les coins.

La seule vertu de Brown

Brown était venu seul. Il avait garé sa Taunus au même endroit que la nuit où Watts avait découvert le cadavre. Les deux maisons sur le trottoir opposé, plus défraîchies qu'il ne le lui avait semblé dans l'obscurité, montaient la garde dans la rue déserte, au milieu des parcelles en friche qui avaient fini par se rejoindre et former une sorte de parc abandonné sous la neige. Il eut du mal à retrouver l'endroit exact. Il scrutait la colline dont la pente s'étendait devant jusqu'à une butte assez lointaine surmontée d'un arbre. Sans doute s'attendait-il à revoir l'emplacement du cadavre et des chiens, signalé par une tache comme une flaque, des traînées et des explosions de sang rose et rouge encore fraîches, il redoutait de le revoir et en avait envie en même temps. Mais il avait encore neigé depuis et la colline frappée par le soleil bas de ce matin d'hiver étincelait, uniforme et brillante. Son seul repère, c'était la maison, le stationnement en épi de la voiture sur le bas-côté. Il enfila sans conviction son gilet pare-balles, remit son manteau sans le boutonner, agrafa le brassard orange qui signalait son appartenance à la police. Il prit sous son bras le fusil, le canon vers le sol, comme pour une partie de chasse, plus en souvenir des chiens que par peur de ce qu'il allait trouver. Sur les cartes de la ville, pour autant qu'elles pussent être à jour, il n'y avait rien. Pourtant c'était bien l'endroit qu'avait indiqué la grand-mère, d'après la lettre qu'elle avait reçue. Les gamins l'appelaient la Zone.

Il s'enfonça dans la prairie, de la neige jusqu'aux genoux. Sentit immédiatement ses pieds se recroqueviller dans ses bottes qui ne tarderaient pas à se gorger d'humidité.

La première idée de Brown était de gravir la colline pour avoir un point de vue sur tout le périmètre, cependant, en progressant péniblement sur son flanc droit où la pente lui avait paru moins accentuée, il aperçut au loin, derrière la butte qui en masquait la plus grande partie, un toit. Un toit encore debout si l'on peut dire. Un bâtiment tout en longueur et largement recouvert de neige lui aussi. Restant à flanc de colline il obliqua vers l'édifice, ce qui explique que ni Charlie ni Strothers ne le virent s'approcher de l'école à ce moment-là. Ni les autres gamins d'ailleurs, puisque la cour donnait de l'autre côté. On était au début de la matinée, le campement s'éveillait à peine. C'était, à première vue, encore une de ces structures à l'abandon que la ville évitait de mentionner pour ne pas avoir à débourser l'argent de leur démolition. Probablement une ancienne école.

Il mit du temps à comprendre. Faillit renoncer devant ce nouveau désert. Ses bottes avaient définitivement pris l'eau. La neige était aveuglante. Sa progression était d'une lenteur affligeante. À part les corbeaux qui tournoyaient autour de l'arbre dont il ne distinguait plus que la ramure, les seuls bruits qui l'accompagnaient c'étaient les crissements de ses pas dans la neige, comme s'il marchait sur du riz soufflé. Il avait les pieds gelés et transpirait sous son chapeau. Tout son corps était boudiné, il avait l'impression d'être ficelé, gêné par la neige où il s'enfonçait, autant qu'empêtré dans l'épaisseur du gilet pare-balles et de son manteau. Il se dit qu'il ne trouverait probablement rien. Et pourtant il continua d'avancer.

La seule vertu de Brown, c'était l'opiniâtreté. Il disait, C'est ce qui reste de courage à ceux qui n'ont plus l'innocence d'oser. Et il continua d'avancer.

Parvenu à l'arrière du bâtiment, à une centaine de mètres à peine, il se figea. Il avait cru voir un mouvement derrière une des fenêtres à l'étage. Il s'accroupit instinctivement, comme si ça pouvait le cacher alors qu'il devait avoir à peu près l'allure d'un ours égaré, attendit. C'est à cet instant que les premiers bruits lui parvinrent. Des cris d'enfants, des claquements comme des choses qu'on renverse. Il avait été repéré. Il se redressa, hâta son pas. À mesure qu'il approchait, les exclamations se firent plus distinctes, elles venaient de tous les coins de l'ancienne école – mais combien ils sont là-dedans ? Il perçut un bruit de moteur aussi, qui s'éloignait.

Ils se répandirent dans la cour. Ils détalaient dans tous les sens. Disparaissaient parfois dans la neige. Ils criaient et ils riaient, c'étaient des gosses, c'était un jeu. Ils s'éparpillaient dans la prairie enneigée au-delà de l'école comme un troupeau de faons surpris dans la clairière. Beaucoup restaient autour des bâtiments. Deux gamins étaient là-haut, sur la colline, Brown les distinguait à présent qu'il était plus près de l'école. L'un d'eux disparut dans un genre de caisse à savon, filant à toute allure le long de la pente, s'éloignant vers la route comme un bolide, Brown ne put s'empêcher de le suivre du regard tant était étonnante la vitesse de cette luge, se demandant où pouvait bien espérer aller ce gamin tout seul, filant dans son engin comme s'il allait finalement décoller du sol, se mettre à traverser la ville dans les airs, et

Brown pensa au gosse du film, sur son vélo avec son copain extraterrestre. C'est alors qu'il entendit arriver les sirènes, de l'autre côté, au loin. Watts. Bientôt ce fut tout une colonne de gyrophares qui déboulèrent en lisière de la prairie, par le nord.

L'autre gamin sur la colline était en train de descendre vers les bâtiments en sautant dans la pente. On aurait dit qu'il faisait du rappel dans du coton. Il tenait quelque chose de brillant comme une arme, c'était difficile de voir.

Il fit feu.

Les enfants criaient et s'enfuyaient à présent.

Il fit feu mais ce n'était pas vers Brown. Il tirait plus haut, plus loin, vers les voitures de patrouille et les pick-up de la police dont les chaînes mordaient la neige en hurlant dans la plaine, sans aucun espoir de les toucher sérieusement, à cette distance, à moins d'un coup du sort. Les autres couraient partout, les bras levés, se rendaient avant même qu'on le leur demande, mais lui il avançait. Il avançait vers Brown comme s'il ne le voyait pas et il faisait feu.

— Que faire d'autre ? Je lui ai demandé de s'arrêter, de jeter son arme mais il semblait ne pas m'entendre. Il avançait le bras tendu, il tirait, il tirait et c'est comme s'il s'en foutait complètement de savoir où partaient ses bastos, je te jure, Watts, j'ai gueulé les sommations, je l'ai supplié, putain, ce n'était qu'un môme. Putain ! Qu'est-ce qui lui a pris ?

Watts ne sut quoi lui dire. Il avait décidé de venir avec des renforts quand il avait su que Brown était parti seul inspecter la Zone et il n'était pas mécontent que le vieux ne soit pas tout seul à présent, mais il se contenta de lui taper sur l'épaule, de le ramener vers sa voiture. Ça hurlait dans tous les coins, il en arrivait encore. Tellement de mômes qu'il fallut appeler des fourgons. C'était un beau foutoir, les flics étaient complètement dépassés.

Brown remonta dans sa Taunus. Enleva ses bottes et ses chaussettes trempées, brancha la clim à fond.

Il posa son chapeau à côté de lui et se frotta longuement le crâne en laissant traîner ses yeux mi-clos sur le paysage. Les voitures de patrouille qui continuaient d'affluer, les camionnettes de transport, les pick-up avec leurs chaînes. Les sirènes elles-mêmes furent couvertes par le bruit d'un hélico-ptère qui survola la prairie en rase-mottes. Le premier 4 × 4 d'une chaîne de télévision locale apparut au bout d'un quart d'heure à peine, il y avait encore des gamins partout. Le bordel ne faisait même que commencer.

Brown sentait ses pieds nus se réchauffer un peu contre la ventilation. Il ôta son manteau, son gilet pare-balles. Démarra avant de voir la fin. Il y avait les cartons sous son bureau, remplis des dossiers des mômes, qu'il faudrait déménager au commissariat. Faire défiler les gosses, les entendre, prendre leur adresse, essayer de retrouver leurs parents. Un sacré paquet de bordel en perspective. On organiserait une conférence de presse, il voyait d'ici les gros titres, un caïd de la drogue régnait sur une armée d'enfants. Comme si Max Roberts les avait kidnappés, tirés de chez eux par la force. Tu parles, il n'avait eu qu'à jouer de la flûte, faire pleuvoir quelques billets de cinquante. On en était là. Personne ne s'occupait plus de ces gamins mais personne ne voulait l'admettre. Discours du chef de la police, Brown serait derrière sur l'estrade et puis on lui demanderait d'avancer, il dirait je n'ai fait que mon devoir et, vite, on lui piquerait une médaille dans le revers de la veste. Poignée de main. Photo. Fin de l'histoire.

Peut-être même qu'au printemps, il serait proposé pour être promu capitaine.

Il irait s'acheter des bottes.

Personne ne dirait jamais, Le lieutenant Brown a tué un enfant.

Sale journée.

Papier froissé

À la fin de cette histoire, à la veille de Noël, alors qu'Eugène rédige son rapport au treizième étage de la tour fantôme, au-dessus de la Zone à présent déserte, Candice est chez elle, en ville. Elle est nerveuse. Elle passe de la chambre au salon et du salon à la cuisine ouverte, derrière un bar aménagé en coin. On a vite fait le tour d'un deux-pièces.

Elle pense qu'elle ne va pas lui dire.

Elle n'en sait rien en fait. On verra. Elle va faire de son mieux. C'est une journée si étrange.

Dans la télé depuis le matin des flashs spéciaux se succèdent à propos d'une opération de la police de Detroit, y compris sur les chaînes nationales. La télé lance des éclairs blancs et bleus, des gyrophares, une vaste étendue de neige, des gamins qui sortent affolés d'une école, mais quelque chose cloche, c'est une école abandonnée, un hélico survole la Zone et montre les toits enfoncés par la neige, les pans de murs qui s'affaissent, et toujours les gyrophares et les gamins qui crient et courent dans tous les sens, les flics qui rangent leurs armes et les attrapent comme s'ils jouaient à chat dans la cour.

Il paraît qu'il y a eu des coups de feu échangés au début de l'opération. Il paraît que tous ces enfants étaient retenus là par une sorte de parrain local qui les employait comme coursiers, comme dealers. Elle pense à Max et au vieux flic qui est venu l'interroger au bar. Il paraît que c'est en pleine ville. Un ancien terrain industriel, le projet est tombé à l'eau avec la faillite de la municipalité. Des zooms traversent le cordon de sécurité, filment les visages des enfants, de toute façon il n'y a pas assez de ruban jaune, précise le journaliste d'un air atterré.

Sur une chaîne locale, un reporter plus débrouillard en bottes de cow-boy et gilet de cuir désigne derrière lui un ancien gymnase transformé en atelier, on dirait un garage géant ou une petite usine du tiers-monde, il dit que les enfants travaillaient là-dedans pour gagner leurs repas. Il pointe des pneus, des vélos cassés, des tondeuses. Il se rapproche du bâtiment principal, demande à son cameraman de filmer par la fenêtre une salle de classe où l'on distingue des dizaines de couvertures, de matelas et de sacs de couchage, avant de se faire dégager par un officier de police énervé.

Elle a eu plusieurs fois envie de couper la télé, mais n'y est pas parvenue. Comme la plupart des gens qui sont interviewés, y compris les officiels, elle est abasourdie par les images. Sidérée. Ça va trop vite. Les cris, les sirènes, c'est insupportable, mais c'est impossible à faire taire.

Elle passe de pièce en pièce depuis le matin. Elle était sortie tôt, en avait profité pour faire ses courses sur Mack Avenue, dans le dernier Whole Foods de la ville, qu'on appelle par ici Whole Paycheck parce que c'est horriblement cher. Et depuis la télé jette dans la pièce des éclairs blancs et bleus. De la neige, des gyrophares, des sirènes et des cris d'enfants. Est-ce possible ? De vivre dans ce monde-là ? Ça fait combien de temps ?

Régulièrement, Candice se croise dans la glace. Dans le miroir de la salle de bains, et dans celui du couloir de l'entrée. Dans celui de la salle de bains, on se voit mieux. Elle se rapproche. Elle se sourit. C'est une femme fatiguée par le travail de nuit. Dans la trentaine, entre deux âges, peut-être plus proche de quarante, ça finit par se voir. Elle se concentre. S'observe, se détaille. Son visage est long, il se creuse. C'est indéniable, on maigrit avec l'âge. Ou peut-être on vieillit plus vite quand on n'est pas ronde. Elle a les traits tirés, les paupières légèrement sombres. Elle a des rides, là, aux coins de la bouche, ce trait qui part des ailes du nez et qui souligne les pommettes, puis tombe en encadrant les lèvres, c'est pire quand elle sourit – c'est nouveau, ça, se dit-elle –, ce n'est pas que ce soit laid mais les filles de vingt ans n'ont pas ce pli autour de la bouche. Les yeux aussi. Les yeux c'est le plus flagrant peut-être, même si le maquillage aide beaucoup, d'habitude. On se regarde toujours dans les yeux. Ce n'est pas que ce soit spécialement creusé, ou qu'il y ait des poches sous ses yeux, non, la peau est encore ferme – elle fait des essais en tirant sur ses tempes, il y a des cernes bien sûr, c'est normal, mais surtout il y a ces espèces de stries légères juste sous les paupières et sur les côtés, là où les yeux se plissent en riant, on dirait qu'on a froissé du papier très fin – ça aussi c'est nouveau, une peau de papier froissé.

Dans le salon la télé annonce une intervention du maire par intérim et du chef de la police. On parle de situation inédite, plus d'une centaine d'enfants, on parle de la Catastrophe. On va tout mettre en œuvre. Les services sociaux de la ville. Le numéro d'urgence pour les parents. Le journaliste interroge, incrédule : mais ces enfants, ils avaient disparu ? Comment on peut faire disparaître autant d'enfants ? Le maire est gêné. De fait il y a beaucoup de gens, de concitoyens qui ont disparu, la plupart ont quitté la ville, Detroit a divisé sa population par trois depuis trente ans. Vous pensez qu'il pourrait y en avoir d'autres ? Il s'agit d'un trafic local, nous attendons dans les heures qui viennent l'arrestation du criminel qui.

Elle fait des mimiques, se regarde de haut en souriant, bouche ouverte, bouche fermée, tourne le cou un peu à droite, un peu à gauche, observe sur sa gorge des marques, des rayures encore souples, un froissement léger mais cette fois c'est de la soie, ça dépend des angles sans doute, elle se tend, avance légèrement le menton. Elle se rapproche du miroir, tête baissée. Est-ce qu'il y a un jour comme ça, dans la vie, où l'on s'aperçoit qu'on a vieilli ?

Combien de temps ?

Dans la ville qui rétrécit, dans ce boulot qu'elle aime – malgré les horaires trop durs –, dans ce quartier où il n'y a plus d'écoles, jusque-là Candice n'a jamais voulu partir, mais combien de temps encore ? Combien de temps à se dire qu'elle a peut-être jeté son avenir par la fenêtre alors qu'elle était encore toute jeune, à se dire que c'est sûrement trop tard ou trop beau pour elle, le prince charmant, que Detroit ce n'est pas le genre d'endroit où ce genre d'histoire peut encore arriver à une fille comme elle ? Cendrillon avait quoi, seize, dix-sept ans ?

Elle ne connaît pas encore la fin de l'histoire, Candice. Pour l'instant Eugène est à son bureau. Il rédige son dernier rapport.

Elle se regarde par en dessous, tête baissée, ouvre grand les yeux. C'est si familier, son propre visage. La barrière de ses cils, son regard concentré, plongé en elle comme une image. Et pour la première fois elle se sourit vraiment. Pas pour voir ses lèvres s'ouvrir ou ses rides se froisser, elle s'adresse un sourire, à elle. Elle se reconnaît à ses grands yeux noirs légèrement brillants. Il y a un éclat très particulier dans ses yeux. Une lueur, un désir, un appétit plutôt, une gourmandise, un rire, une complicité. Comment ne pas être complice de son propre regard ? Elle se sourit et bouge de nouveau la tête mais elle ne quitte plus ses yeux du regard. Les ouvre grand, les plisse, les fronce, les arrondit, les effile, les aiguise, les cille à demi, les cligne, les braque, les couve, elle joue à se retrouver, à savoir qui elle est. Elle mettra la robe rouge, celle avec le décolleté, celle qui va avec son rouge à lèvres et son rire. Elle va prendre un verre en l'attendant, le chardonnay sec qu'elle a mis au freezer pour le frapper. Une clope, une dernière clope. Un grand verre pour se donner du courage et l'accueillir à pleines dents d'un baiser sucré. Rien d'autre ne compte, ce soir, et même si ce devait être la dernière, ce doit être la parfaite soirée d'un amour parfait.

Elle ne sait pas si elle va lui dire.

Elle ne voudrait pas qu'il reste pour ça. De nos jours, de toute façon, les hommes ne restent plus pour ça.

Elle attend un enfant de lui. Elle le sait depuis ce matin. Elle est sûre que ce sera une fille.

Detroit Blues

Charlie laissa sur sa gauche les voitures de police plantées de quinconce dans la neige du bas-côté, jetant sur la prairie des reflets rouge et bleu déchirant les brouillards légers du matin, il laissa les pick-up avançant au ralenti, plongeant dans la poudreuse jusqu'à la calandre, les flics en uniforme se déployant dans la Zone, obligés de courir en montant les genoux, une deux, comme à l'exercice, progressant lentement mais sûrement, encerclant l'école et les gamins qui criaient et se répandaient partout, sortaient de là comme d'une fourmilière noyée. C'était l'attaque de la cavalerie dans la prairie des Indiens. Custer prenait sa revanche. Trop tard.

Il entendit des coups de feu. Ne prit pas le temps de se retourner.

Il fila dans son bolide bricolé, plus à l'est, suivant la pente vers le soleil, perdant peu à peu de la vitesse à mesure que le terrain redevenait plat. Il avait les lèvres sèches, la gorge en feu, les yeux rougis, brûlants dans le vent gelé. Sa luge s'arrêta non loin de la route. Il consulta son chronomètre qu'il avait lancé par réflexe au départ : deux minutes et six secondes de glissade infernale, tassé au fond de la caisse, agrippé aux planches, avec l'impression de décoller à la moindre bosse et la certitude qu'une plus grosse le ferait exploser, un record absolu. C'était exactement le temps qu'il mettait à courir de chez lui à chez Bill, enfin c'était son meilleur temps. Charlie observa un moment le spectacle des gyrophares. Les fourgons qui s'agglutinaient, bloquaient la rue, les voitures de patrouille qui tentaient de couper par le bas-côté et se plantaient le nez dans la neige.

C'était un incendie de gyrophares qui illuminait la prairie comme si la neige flambait en rouge et bleu, la brume telle une fumée légère et blanche, diffusant les halos, répandant les flammes en une nappe rapide, gagnant du terrain vers l'école. Charlie repensa à la maison brûlée, à la nuit du Diable, à cette pauvre baraque dont tout le monde se foutait éperdument, cette baraque délabrée dans ce quartier pourri, abandonnée comme un terrain de jeux, cette maudite baraque qui valait sans doute moins que son assurance et qui avait finalement coûté la vie à Bill. Lorsqu'il fut certain qu'aucune voiture de flic ne redémarrait pour se diriger de son côté, il sortit de la luge et rejoignit la route, commença à marcher, les jambes vaguement cotonneuses.

Il était temps de rentrer.

Il évita de penser à ce qu'il dirait à Georgia.

Il évita de penser à ce que deviendrait Strothers et s'il lui en voudrait toujours.

Il aurait voulu éviter de penser à Bill mais, dans sa poche, sa main joua machinalement avec son paquet de cartes, un jeu de poker au dos rouge, les coins abîmés, cassés de pliures molles, un jeu fatigué qui n'avait jamais eu de chance. Bill ne savait même pas jouer. Il s'était tout juste entraîné à battre les cartes en laissant un as sur le dessus du paquet, il y était encore, c'était l'as de trèfle. Bill était un fonceur, une tête brûlée. Il n'avait peur de rien, en avait suffisamment bavé comme ça. Et ils avaient failli y arriver. Avec lui, ils étaient devenus les Indiens. Charlie ferma les yeux pour ne pas pleurer. Il essaya d'entendre encore, pour lui seul, son rire éraillé dans l'écho des sirènes, au milieu du silence des rues de Detroit.

Il rentrait chez lui, il allait la retrouver. Et la seule chose qui lui vint à l'esprit, à ce moment-là, sur la route, ce fut le souvenir de Georgia assise au pied de son lit, sa chemise de nuit flottant autour de son corps sec, nimbée de la lumière blafarde de l'aube, Georgia en train de lui murmurer comme une prière le seul récit de mort qu'il connaissait, celle de son grand-père. Un type droit qui voulait être libre, qui voulait éviter les ennuis. Un nègre du Sud qui s'en était presque sorti, mais qui s'est retrouvé au mauvais endroit, c'est ce que disait Georgia. La tragédie c'est toujours méprise et petites erreurs, remords trop tard. La liberté se paie toujours sur la bête.

Il pensa à sa mère. Se demanda si elle reviendrait un jour, elle. Pourquoi elle était partie, pourquoi sans lui, pourquoi. Il se demanda à quoi elle pourrait bien ressembler. Il n'aimerait pas qu'elle ait raté sa vie. Ce serait trop triste d'avoir rendu tout le monde malheureux pour rien. Il se l'imagina en actrice, avec une jolie robe et un chapeau, des lunettes de soleil, sonnant un jour à la porte. Non. Si elle avait réussi, ce serait dégueulasse de les avoir laissé tomber.

En fait, il n'était pas sûr qu'il aimerait la revoir.

Peut-être qu'il tenait ça d'elle quand même, son goût pour l'aventure.

Il renifla dans sa manche. C'était le froid, sans doute, qui lui faisait venir la morve au nez. Charlie ne voulait pas pleurer, alors il se remit à marcher au bord des maisons rafistolées et des jardins en friche de Detroit qui se réveillait doucement. La neige brillait, humide, sur les trottoirs déblayés seulement par endroits, et se mêlait de boue sur la route où passaient les premiers camions de livraison, un bus et quelques voitures matinales. Les plaques d'égouts distillaient aux coins des rues leurs nappes de brouillard tiède. Les stations-service avaient éteint leurs enseignes de nuit. On entendait encore de loin les sirènes, nombreuses, cacophoniques, il devait y avoir des ambulances à présent, et soudain venant de la ville le bruit profond, inquiétant, qu'il mit un peu de temps à reconnaître, le bruit puissant, gonflant d'un hélicoptère surgi de l'horizon d'immeubles, comme pour lui barrer la route, bourdon suspendu immobile au son de mitrailleuse, puis filant en rase-mottes au-dessus de lui vers la Zone, se mêlant au hurlement lointain des sirènes, un moment, et ensuite plus rien. Tout ça s'éloignait, s'estompait derrière lui. Il marchait. Changea de trottoir en croisant un chien errant, la queue basse, qui trottinait en reniflant tristement la neige.

Que deviendra-t-il, Charlie ?

Il n'y a plus de petite bande. Il ressemble à un Indien en déroute fuyant les Black Hills après le massacre de Wounded Knee. Son pull n'a plus de couleur, ce n'est même plus une histoire d'avoir passé trop d'années à pâlir son rose, façon papier-toilette au soleil, il y a des taches vertes et brunes, un accroc au coude qui bâille et s'élargit. Son jean est dans un pire état encore. Ses chaussures prennent l'eau, il a froid. Il se rend compte qu'il a froid alors qu'il pensait s'y être habitué, comme si d'un seul coup, sur le chemin de la maison, ce n'était plus une fatalité d'avoir froid, il maudit ses godasses. Comme s'il redécouvrait des sensations oubliées. Il a un creux au ventre aussi mais ce n'est plus la peur d'être surpris là où il ne faut pas, de croiser Strothers ou un autre de ses gardes-chiourmes, de voir ce qu'il ne devrait pas, ce n'est plus l'angoisse qui l'étreignait comme une boule de pain mal déglutie à chaque fois qu'il pensait à Bill. Il a un creux au ventre tout simple en somme, un gargouillis quoti-dien, il a faim. Il recommence à sentir pêle-mêle, comme si c'était la première fois, l'air vif, le vent glacé, l'eau dans ses chaussures, ses lèvres gercées, la lourdeur de son corps, la raideur de ses muscles, la douleur de ses épaules malmenées par les nuits à dormir par terre, les crampes dans son cou et ses yeux qui le piquent.

Il marche dans Detroit qui se réveille. Il ne sait même pas quel jour on est. Les rideaux de fer qui se lèvent sur les devantures des magasins aux abords d'East Market arborent les décorations rouges et vertes de Noël, des guirlandes, des étoiles dorées, des traî-neaux et des pères Noël ventrus dessinés à la bombe à neige sur les vitrines. Certaines maisons aussi ont sorti un saint Nicolas en baudruche, pendu à une solive ou à la fenêtre du premier étage, s'apprêtant à esca-lader le toit au bout d'une corde d'ampoules colorées clignotantes. Il y en a un qui est en train d'essayer de rentrer par une fenêtre, sur la façade d'un immeuble commercial de deux étages. Sur un bâtiment public abandonné, un graffiti géant le montre avec des voitures et des maisons dans sa hotte.

On est à quelques jours de Noël. C'est sans doute déjà les vacances d'hiver. C'est une journée froide et sèche comme un dimanche, avec un ciel bleu pâle, immobile et silencieux. Une journée comme un souvenir d'enfance, à jouer dans le jardin. Dans la ville, on dirait qu'il ne s'est rien passé.

Peut-être que cette fois ils iront au bord du lac, celui qui est tellement grand qu'on dirait que ce n'est pas un lac mais l'océan. Celui avec de grands pins sombres au bord de l'eau. Elle lui racontera encore une fois l'histoire de son grand-père, comme la ville était belle alors et comment on devient un homme en luttant contre la fatalité. Elle dit que c'est un endroit magique qui sent les algues et l'eau. Ils resteront là jusqu'au soir, malgré le froid, jusqu'à ce que la lune se brise en milliers d'éclats sur les vagues. Peut-être que viendront les fantômes sous les grands pins. Il rendra ses cartes à Bill.

Elle en a parlé souvent, du lac, alors peut-être cette fois, pour Noël, puisqu'il est de retour.

La main invisible

Il fait nuit dans la tour et le bureau d'Eugène est le dernier encore allumé. À travers la fenêtre on voit des halos dans le noir, c'est la Zone et la colline lointaine où s'activent encore les phares des voitures de police et les lampes torches, un bulldozer qui trace des pistes dans la neige. C'est un ballet désordonné, les phares font des cercles, des huit, on dirait des abeilles qui ne retrouvent plus le chemin des fleurs. On ne sait pas bien qui on recherche encore. Des gamins qui se seraient égarés ou enfuis, ou cachés parce qu'ils auraient eu peur. Des qui reviendraient le soir pour dormir dans ce drôle d'endroit.

Des enfants. Parmi eux il y avait peut-être des gosses qu'il avait vus jouer dans les rues à l'automne. Ces quatre mois se sont écoulés à une telle vitesse. On pourrait en écrire le récit en quelques heures, c'est ce qu'il vient de faire dans son dernier rapport. Mais ça ne rendrait pas compte de tout ce qui s'est passé ici, pendant ce temps, de ce qui a bien pu arriver à ces enfants, aux familles qui les ont cherchés sans doute, au temps qui s'est écoulé différemment pour chacun, sur des lignes comme parallèles du même univers. À chaque seconde, autour de nous, des destins se jouent sur des rythmes qui s'ignorent, en aveugle les uns des autres, nous n'en avons même pas conscience.

Il va envoyer son rapport.

Cher monsieur N+1, ce n'est pas contre vous personnellement, comprenez-le bien. Je n'ai aucune envie d'ajouter aux vicissitudes de l'Entreprise ou aux tourments de la hié-rarchie. Ni par jeu ni par esprit de rébellion, croyez-le, je n'ai rien d'un révolutionnaire. Je ne vais pas faire le siège de Wall Street où vos actions s'écroulent, même si j'avoue penser sérieusement que quelques têtes mériteraient bien de rouler sur les parvis de ses tours d'acier.

L'Entreprise est en faillite. Le projet de l'Intégral ne verra pas le jour ici mais dans l'entremonde chinois, peut-être que vous n'êtes même pas au courant, je l'ai su par les Américains. C'est l'affaire d'un an ou deux, le temps de déplacer encore quelques types comme moi, d'en mettre des milliers d'autres au chômage, ici ou en Europe. Le temps d'annoncer une nouvelle stratégie, de rassurer les marchés, de promettre aux gouvernements. Le temps pour l'Entreprise de renaître comme un phénix puisqu'elle ne peut pas mourir, puisque les capitaux ne peuvent pas mourir, puisqu'il faut bien que l'argent circule. Ce sera un moment difficile à passer, mais vous avez déjà gagné.

Vous direz : la main invisible a rebattu les cartes, mais tout ça va s'équilibrer un jour. C'est faux bien sûr, et vous le savez. Vous direz : c'est la seule solution rationnelle. Mais c'est un désastre rationnel. De là où je suis, au treizième étage qui flotte, seul encore éclairé au-dessus de la Zone comme un vaisseau fantôme, je le vois bien. Ici il y a des enfants qui entrent dans des gangs parce qu'il n'y a plus de place à l'usine. On vient d'en trouver une centaine qui campaient dans une école abandonnée, sur le site du projet D-503 où l'on aurait dû mettre en production l'Intégral. Le monde est en train de se niveler par le bas, comme une plaine qu'on arase, un terrain à bâtir. Vous avez la passion de la construction, n'est-ce pas ?

Pourtant, il faut des gens pour l'habiter, ce monde. Des gens comme tous ceux que vous avez conduits jusqu'ici, qui ont bâti cette ville, tous ceux que vous avez amenés jusque dans les usines en jouant votre plus bel air de flûte, celui qui promettait une vie meilleure, « le bonheur au bout de la route », et que vous avez finalement abandonnés au bord du chemin comme l'animal de compagnie qui va gâcher les vacances. Que croyez-vous qu'ils vont faire ? Ceux qui devaient partir sont partis à présent. Ils vous courent après. Ils courent après les unités de vie que vous déplacez, toujours bien rangées, celles où vous avez essayé de me caser, en Chine, ici, n'importe où. Les autres restent. Ils n'ont pas baissé les bras. Ils continuent de vivre, et c'est ce que j'ai décidé de faire.

Je ne briguerai pas d'autre poste. Considérez que ceci est ma lettre de démission.

On a une expression, ici, lorsque les choses vont si mal que la situation paraît désespérée : que le dernier qui parte éteigne la lumière.

Eugène se lève, va se resservir un café, ce doit être le septième de la journée. Il porte sa parka dans le bureau désert et gelé, souffle sur son mug un petit nuage de fumée aussitôt reformé, dont la contemplation le réchauffe. Il se détend, lance sur la platine de la salle de visioconférence la voix de baryton de David Ruffin, et le chœur des Temptations l'emporte loin du froid, dans un mois de mai éternel. *My Girl*. Ce n'est pas une idée en l'air, et pourtant il aurait peut-être dû lui en parler d'abord. Il ne sait pas grand-chose de cette fille, presque rien à vrai dire, de son passé, de sa famille, si ce n'est qu'il lui suffit de penser à elle pour se sentir capable soudain d'un élan qu'il ne se connaissait pas, une envie de croire que tout est possible, quand il est avec elle, qu'ils sont côte à côte et que leurs corps se touchent, qu'il plonge ses yeux dans ses yeux noirs, sa main dans ses cheveux crépus, lorsqu'il caresse sa nuque ou que, simplement, il la regarde venir vers lui, lorsqu'elle sourit en le voyant, Eugène a le courage de vivre.

Il ne sait pas comment elle prendra la chose, ils n'en ont jamais parlé. J'ai décidé de rester, je voudrais vivre avec toi. C'est absurde, c'est tellement sentimental. Qu'est-ce qu'ils vont faire ici ? C'est bien le dernier endroit où se fixer, Detroit.

Il rit tout seul dans la salle de visioconférence du Treizième Bureau, il pense à la tête que va faire N+1 en recevant son rapport. Il rit, penché sur son mug pour ne pas le renverser, éclairé par les rêves hypnotiques des ordinateurs sages, les grille-pain rougeoyant sous les tables, la lumière sur son bureau telle une table d'un décor de théâtre, foutu open space, il rit et ose peu à peu le faire à voix haute, tout seul, encouragé par la musique, et tant pis si quelqu'un rentrait alors et le prenait pour un fou, puisque personne n'entrera, il rit d'un rire clair comme un rire d'enfant, il ne parvient plus à s'arrêter.

C'est un tel terrain pour tout recommencer, Detroit, le monde qu'ils nous ont laissé.

Avant de partir la rejoindre, il ajoute une ligne à son rapport, une citation dont il a oublié l'auteur, et appuie sur envoi. *Certes, ce Taylor était le plus génial des anciens. Il est vrai, malgré tout, qu'il n'a pas su penser son idée jusqu'au bout et étendre son système à toute la vie.* Il éteint la lumière.

Table

11514

Composition
NORD COMPO

Achevé d'imprimer en Espagne
par CPI
le 24 juillet 2016.

Dépôt légal : juillet 2016.
EAN 9782290123447
OTP L21EPLN001912N001

ÉDITIONS J'AI LU
87, quai Panhard-et-Levassor, 75013 Paris

Diffusion France et étranger : Flammarion